Sakız Sardunya

Sakız Sardunya

Yazan: Elif Şafak

Adres: 19 Mayıs Cad. Golden Plaza No: 1 Kat: 10 Şişli 34360 İstanbul
Tel: (0212) 373 77 00
www.de.com.tr

Her 2.000 adet, bir baskı olarak kabul edilmektedir.

131. Baskı: İstanbul, 2017
ISBN: 978-605-09-2291-2
Sertifika no: 11940

Kapak resmi ve iç resimler: Zafer Okur
Yayına hazırlayan: Sinem Çelebioğlu
Kapak ve iç tasarım: Havva Alp

Basım yeri: Yıkılmazlar Basın Yayın Prom. ve Kağıt San. Tic. Ltd. Şti.
Adres: Evren Mah. Gülbahar Cad. No: 62/C Güneşli-Bağcılar/İstanbul
Tel: (0212) 515 49 47
Sertifika no: 11965

Toplu sipariş için tel: (0212) 373 77 44 **E-posta:** satis@de.com.tr

ELİF ŞAFAK

Sakız Sardunya

Resimleyen: Zafer Okur

Doğan Egmont
Okumak gelecektir.
www.de.com.tr

İçindekiler

İsmini Sevmeyen Kız

Büyük bir şehirde, geniş bir sokakta, masmavi bir apartmanın üçüncü katında bir kız çocuğu yaşardı. Boyu ne uzun, ne kısaydı. Saçları yaz mevsiminde sarıya, sonbaharda kızıla çalan kumraldı. Belki biraz zayıftı ama sıska da sayılmazdı. Yüzü yuvarlak, gözleri elaydı. Kitap okumaya, müzik dinlemeye, film seyretmeye, resim yapmaya, top oynamaya, ip atlamaya ve çikolatalı kurabiye pişirmeye bayılırdı. Kendi başına oynamayı en çok sevdiği oyun, gökyüzündeki bulutlarda tanıdık şekiller aramaktı. Bazen bir bulut kocaman bir salyangoza benzerdi, bazen de zürafaya. Bazen hamburgere benzerdi, bazen de külahta eriyen dondurmaya.

En sevdiği hayvanlar şunlardı: kediler, köpekler, keçiler, atlar ve çizgili sincaplar. Gerçi henüz hayatında çizgili bir sincap ile karşılaşmış değildi ama olsun, seviyordu onları. Odasının duvarlarında pek çok çizgili sincap fotoğrafı vardı.

Küçüklüğünden beri hep bir kedisi olsun istemişti. Ya da bir köpeği. Ya da bir keçisi. Ya da bir atı. Ama annesi Hayal Hanım her seferinde "Asla olmaz!" demişti. "Kedinin tüyleri dökülür, alerji olurum. Köpek havlar, keçi meler, komşular rahatsız olur. Atı da koyacak yerimiz yok evladım."

"Ama annecim, ben bir hayvan beslemek istiyorum!"

"Hayvanat bahçesine gittiğimizde beslersin!"

"Ama yasak! Zaten ben evimizde kendi hayvanım olsun istiyorum!"

Sonunda bu sene babası Hasan Bey ona iki minik su kaplumbağası hediye etmişti. Sehpanın üzerinde, yuvarlak cam bir fanus içinde besliyordu bunları: Gece ile Gündüz. Ama ikisi birbirine tıpatıp benzediğinden, doğrusu hangisinin Gece, hangisinin Gündüz olduğunu anlamak imkânsızdı.

Meraklı bir çocuktu. Hayvanlar ansiklopedisini baştan sona okurdu. Kaplumbağaların solucan yediklerini öğrenmişti. Bir gün yağmur sonrası çıkıp toprağı kazmış, bir sürü solucan toplamıştı. Bazıları kısa, bazıları makarna gibi uzundu. Hepsini kavanoza doldurup eve getirmişti.

“Annecim bak, Gece ile Gündüz’e mama topladım!”

Ama Hayal Hanım çığlık çığlığa kaçmıştı. “Ay, çabuk çıkar o korkunç yaratıkları evimden!”

O da bir daha eve hiç solucan getirmemişti. Kaplumbağaları sadece yemle besliyordu. Bir de kabukları kalınlaşsın diye kalsiyum tabletleri veriyordu. Çünkü kabukları sağlam olmazsa kendilerini koruyamazlardı. Kim bilir belki insanlar da böyleydi.

Kabukları yoktu evet, ama hayatın zorluklarına karşı güçlü olmaları gerekliydi.

Hayvanları sevdiği kadar sporu da severdi. Özellikle basketbol ve voleybol. Futbola da ilgi duyuyordu. "Futbol kızlara göre değil," diyorlardı. Oysa odasında bir albümü vardı. İçinde futbolcuların kartlarını biriktiriyordu. Hangi sporcunun kaç gol attığını, hangi takımın kaç kez kazandığını sınıftaki birçok oğlandan daha iyi biliyordu.

Meyvelerden elma, mandalina ve karpuz; renklerden kırmızı, mor ve yeşil; mevsimlerden kış ve ilkbaharı seçerdi. En çok yediği tatlı fırında sütlaç, en beğendiği içecek limonataydı. Bunlar ta küçüklüğünden beri sevdikleri şeylerdi. Ama hiç mi hiç sevemediği önemli bir konu vardı: kendi ismi!!!

İsminden hoşlanmazdı. Hatta içten içe utanırdı. Keşke başka bir ismi olsaydı. Kuzeni Bahar gibi mesela... ya da bakkalın saçları örgülü, yanakları çillerle kaplı kızları Çiğdem, Sinem ve Didem gibi... veya okuldan arkadaşları Ada, Aslı, Ayşegül, Beyza, Defne, Ebru, Ela, Gamze, Kübra, Meltem, Özlem, Pınar, Tuba, Zeynep gibi... Ne çok isim vardı bu dünyada; birbirinden güzel ve kolay isimler... Oysa anne ve babası bütün bunları bir kenara bırakıp, bula bula ona şimdiki ismini bulmuşlardı. Bari bir göbek adı olsaydı. Ama o da yoktu. Hiç olmazsa bir lakap! Okuldaki bütün çocuklara lakap takılmıştı –kimi sevimli, kimi matrak. Bir tek onun lakabı yoktu. Çünkü ismi o kadar tuhaftı ki zaten komik bir lakap gibiydi.

Bir gün kahvaltı masasında babası gazete okurken, arka sayfada bir haber dikkatini çekmişti. Ünlü şarkıcıların ve film yıldızlarının çocuklarına verdikleri tuhaf isimler üzerine bir yazıydı bu. O sayede öğrenmişti ki tıpkı kendisi gibi sıradışı isimlere sahip başka insanlar vardı yeryüzünde. Şeftali, Elma, İncir, Bülbül, Okyanus, Mavi Melek, Şekerpare... gibi. Onlar ne hissediyordu acaba? Büyüyünce "Okyanus Bey" ya da "Bülbül Hanım" olmak nasıl bir duyguydu?

Ama bu alışılmadık isimler bile kendisininki kadar zor gelmiyordu ona. Çünkü onun adı tam tamına şöyleydi: Sakız Sardunya.

"Anne ya, nereden aklınıza geldi bana böyle bir isim koymak?" diye sormuştu bir seferinde.

"Çiçek ismi evladım, ne güzel işte," demişti annesi. "Mine, Açelya, Lale, Menekşe gibi... Onlardan bir farkı yok."

"O isimlerle kimse dalga geçmiyor. Ama herkes bana gülüyor!"

"Sana öyle geliyor, niye gülsünler? Çiçekleri herkes sever. Nokta!"

Hayal Hanım ne zaman bir konuyu kapatmak istese cümlesinin sonunda "Nokta!" derdi. Bunu bilen Sakız Sardunya içini çekmişti. Büyüklere bir şey anlatmak bazen çok zordu.

Ansiklopediyi açıp okumuştu. Gerçekten "sakız sardunya" diye bir bitki vardı. Latince ismi daha da tuhaftı: *Pelargonium peltatum*. Çiçeklerinin rengi beyaz, pembe, sarı ya da kırmızıydı. Ana yurdu Güney Afrika'ydı. Saksılarda yetişiyor, bütün sene çiçek açabiliyordu. Balkonlara, pencere pervazlarına konuyordu. Yaprakları limon kokusuna benzer ilginç bir koku salgılıyordu. Bu koku sayesinde böcekler ve sinekler yanına yaklaşamıyordu.

Resme uzun uzun bakmıştı. Gördüğü şeyi beğenmişti doğrusu. Güzel, hoş bir bitkiydi. Gene de ikna olmamıştı. Anne babası ona illa da bir çiçek ismi vermek istiyorlarsa niçin "Gül" ya da "Yasemin" dememişlerdi?

Kitaplarda, özellikle çizgi romanlarda acayip isimli kahramanlar vardı. Tabii çizgi filmlerde de. Onlar için sorun değildi. Zaten hayali bir dünyada yaşıyorlardı. Orada kimse kimseye isminden dolayı kötü davranmıyordu. Tinker Bell, Oyunbozan Ralph, Aslan Kral ya da Yeşil Dev Hulk... Tuhaf isimli kahramanlarla doluydu hikâyeler.

Ama Sakız Sardunya ne bir roman karakteriydi, ne hayali bir kahraman. İstanbul'da, sakin bir mahallede yaşayan, kendi halinde bir kız çocuğuydu. Okula gittiğinde diğer öğrenciler ismiyle alay ediyordu. Ne zaman sınıfta öğretmen yoklama yapsa, zavallı Sakız Sardunya utancından yerin dibine geçiyordu.

"Kerem?"

"Burada öğretmenim!"

"Nazlı?"

"Burada öğretmenim!"

"Sakız Sardunya?"

Sıra ona geldiğinde bütün sınıf hep bir ağızdan bağırıyordu. "SAKSIDA!!!!"

Böyle zamanlarda Sakız Sardunya ağlamaklı oluyor, buralardan kaçıp gitmek istiyordu. Uslu bir çocuk olduğu için böyle fena şeyler yapmıyordu tabii. Onun yerine başını önüne eğip, sırasında sessizce oturuyordu.

Sınıftaki yaramaz oğlanlar bir de tekerleme uydurmuşlardı:

Yağmur yağıyor seller akıyor,
Saksıda Sardunya camdan bakıyor.
Dereler taşıyor, kayıklar batıyor,
Sardunya saksıda suyunu içiyor.

Ne zaman yağmur yağsa bu şarkıyı söylüyorlardı. Sakız Sardunya ne yapsın? Çaresiz, dinliyordu.

Bazen bir öğrenciyle iyi anlaşıyordu. Ders aralarında birlikte dolaşıyor, öğle yemeğinde yan yana oturuyor, sırlarını paylaşıyorlardı. Birkaç gün gayet güzel geçiyordu. Ama sonra Sakız Sardunya bu yeni arkadaşının da ismiyle alay edenlere katıldığını (ya da kenardan kıkırdadığını) görüyordu. İşte o zaman kalbi kırılıyordu.

Gerçek dostluk böyle olmazdı. İnsan sırf başkalarına ayak uydurmak için arkadaşıyla alay etmemeliydi. "Yalandan dostum olacağına kendi kendime oynarım daha iyi," diyordu Sakız Sardunya. Yalnızdı. Bazen ona öyle geliyordu ki yeryüzünde tek başınaydı.

Okuduğu kitaplardan birinde şöyle bir düşünceye rastlamıştı: Yeryüzündeki herkesin uzayda bir benzeri varmış. İnsan burada ne yapıyorsa bir başka gezegende ikizi aynısını yaparmış. Mesela sen burada ağladığın zaman, ikizin orada ağlarmış; sen burada gülünce, ikizin de orada gülermiş.

Bu konu ilgisini çekmişti. Birkaç gece üst üste merakla gökyüzünü seyretmişti. Yıldızların çok uzakta olduklarını biliyordu tabii. Gene de yukarılarda bir yerlerde dolaşan tanıdık bir kız çocuğu görmeyi umut etmişti. Kendisine benzeyen ama derisi kertenkele yeşili, kulakları kocaman, gözleri ampul gibi yanıp sönen uzaylı bir Sakız Sardunya...

Ama sonra vazgeçmişti böyle şeyler düşünmekten. Doğrusu uzaylı bile olsa kendisi gibi bir başka kız çocuğu olduğunu sanmıyordu. Koskoca evrendeki tek Sakız Sardunya oydu.

Bu dünyadaki en tuhaf isimli çocuktu.

Ve ismini hiç mi hiç sevmiyordu...

Çocuk Aklı

Sakız Sardunya birkaç kez anne babasına ismi konusunda dert yanmıştı. Ne yazık ki onu ciddiye almamışlardı. Zaten büyüklerle açık açık konuşmayı başarmak, Ağustos ayında kar yağması kadar düşük bir olasılıktı. Yetişkinler genelde sevmedikleri soruları ya duymazdan gelir ya da gülerek geçiştirirdi. Bazen de kızıp azarlar; konunun üzerini kapatırlardı.

"Annecim bana yeni bir isim bulsak nasıl olur?"

diye sormuştu Sakız Sardunya bundan seneler evvel. Dört-beş yaşlarındaydı o zamanlar. Henüz okula gitmiyordu ama ileride isminin sorun çıkaracağını sezmişti.

"Aa neden evladım? İnsan ismini sevmez mi?" demişti Hayal Hanım incecik kaşlarını çatarak. "Çok ayıp, duymamış olayım. İsmin sana küser sonra."

"Küser mi?" diye sormuştu Sakız Sardunya endişeyle.

"Tabii ya. Sonra isimsiz kalıverirsin. Kimse seni çağıramaz. Çünkü sana ne diyeceklerini bilemezler. 'Hey sen, baksana!' diye seslenirler. Ama herkes dönüp bakar, çünkü 'sen' olmayan kimse yok ki! 'Ben' olmayan kimse de yok!"

"Anne ya, kafamı karıştırıyorsun."

"Hah, ben de onu diyorum işte. İsmini kullanmazsan kafan karışır, bak! Sakın ismini küstürme! Nokta!"

Hayal Hanım'a göre bu hayatta pek çok şey alınganlık göstermeye hazırdı. Bardakta yarım bıraktığın su ağlar, giymediğin kıyafetler darılır, çöpe attığın kırık dökük eşyalar üzülürdü. Yaş gününde gelen bir hediyeyi beğenmezsen (içinden sessizce beğenmezlik bile etsen) melekler sana küser, bir daha kimseden hediye alamazdın. Ödevlerini zamanında yapmazsan derslerin küser, sınıfını geçemezdin. Okul formanı her akşam katlayıp koymazsan, forman alınır, mezun olamazdın. En çok da yemekler küserdi. Bu yüzden her sofrada Hayal Hanım, tabağındaki yiyecekleri bitirmesi için kızına ısrar ederdi.

"Aman pilavını artırma. Yoksa o pirinç taneleri arkandan ağlar."

Bir keresinde dayanamayıp sormuştu Sakız Sardunya: "Anne ya, pişmiş sebzelerin kalbi atıyor mu? Fırından yeni çıkmış simidin midesi guruldiyor mu? Haşlanmış mısırın kulakları duyuyor mu?"

"Aa, o da nereden çıktı?"

"Yani ben ekmeği ısırınca ekmeğin canı acıyor mu? Ya da mantı tanesini çiğnerken içindeki kıymaya zarar veriyor muyum? Elmanın kabuğunu soyduğum zaman elma utanıyor mu?"

"Tabii ki hayır evladım. Daha neler!"

"O zaman niye bana hep 'tabaktaki yemek arkandan ağlar' diyorsunuz? Madem yiyeceklerin canı yok... madem cansızlar... nasıl ağlayabilirler ki?"

Annesi yüzüne bakakalmıştı. Bir an ne diyeceğini bilemeden durmuştu. Sonra kısacık gülmüştü. "İlahi Sakız Sardunya, uğraşma benimle. Çocuk aklı işte!"

"Çocuk aklı" diye bir şey vardı demek. Büyükler bunu bu kadar sık tekrarladığına göre. Peki ya ergenler? (Kuzeni Bahar on üç yaşındaydı) Onlarınki de "ergen aklı" olmalıydı... Gençlerinki "genç aklı"... Orta yaşlılarınki "orta yaşlı aklı"... Emeklilerinki "emekli aklı"... Tabii yaşlılarınki de "yaşlı aklı" olmalıydı. Peki ama her çocuk birbirine benzemiyordu ki. Alt kattaki komşunun gürültücü (evde devamlı top oynardı) ve yaramaz (kedilerin kuyruklarına teneke bağlardı) oğlu Efekan ile aynı yaştaydılar. Ama Sakız Sardunya, Efekan ile zihinlerinin farklı şekilde çalıştığına emindi. Çünkü Efekan'ın aklı fikri haylazlıktaydı. Oysa Sakız Sardunya usluydu.

Anlayamıyordu, nasıl oluyor da annesi sürekli bu tür laflar ediyordu. *Ders çalışmazsan*

derslerin küser, yemezsen yemekler küser, evine davet etmezsen komşular küser, misafirliğe gittiğinde her ikramı bitirmezsen ev sahipleri küser... Sanki sürekli birilerinin kendisine darılmasından çekiniyordu. Acaba bu yüzden mi her gün aynı ruju kullanıyor, saçlarını hep belli şekilde topluyordu? Makyaj malzemelerinin ve kıyafetlerinin kendisine küsmesinden endişe mi ediyordu?

Sakız Sardunya ismini küstürmek istemiyordu. İyi kalpli bir çocuk olduğu için kimseyi kırmak gibi bir niyeti yoktu. Ama sevmiyordu işte adını, sevemiyordu. Büyükler ne demeye akıllarına esen isimleri evlatlarına verirdi ki? Yetişkinlerin bazı işlerine hayret ediyordu. Niçin kimse çocuklara fikir danışmıyordu? İnsanın hayatı boyu taşıyacağı isim konusunda söz sahibi olamaması doğru bir şey değildi.

Bu konuda çok düşünmüştü. Belki de bebeklere doğar doğmaz isim verilmemeliydi. Çocuklar biraz büyüyüp, okuma yazma yaşına gelince anne ve babalarıyla konuşarak isimlerini seçmeliydi. O zamana kadar onları çağırmak için kolay kelimeler kullanılabilirdi. “Bidilik gel! Ufaklık otur!”

gibi kaba laflar değil. Sakız Sardunya bunlardan hoşlanmıyordu. Onun yerine nazik ve hoş lakaplar seçilebilirdi. O insana uygun kelimelerle...

Mavi gözlü bir oğlana "Su"; çilli birine "Çilli"; kıvırcık saçlı birine "Kıvırcık"; güzel sesli birine "Kadifeses"; ince boyunlu bir kıza "Narinboyun"; ilk kelimesi "agu" olan bir çocuğa "Agu" denmesinde hiçbir sakınca yoktu. Tabii bir süre için. Sonra bu çocuklar anne babaları ve aile büyükleriyle birlikte oturup, hangi ismi taşıyacaklarına karar verebilirdi. Böylece kimse mutsuz olmazdı.

Her insanın kendi ismini özgürce seçebildiği bir gezegen hayal ediyordu. Öyle bir yer var mıydı acaba? Biliyordu ki bu soruyu sormaya kalksa, annesi gene ona gülecek, "Çocuk aklı işte!" diyecekti.

Okulda

Okulda Cuma günleri çabuk geçerdi. Son dersler sırayla fen bilimleri, Türkçe, matematik ve beden eğitimiydi. Oradan öğrenciler spor kıyafetleriyle dağılırdı. Kimini almaya annesi ya da babası gelirdi; kimi arkadaşlarıyla yürüyerek dönerdi; kimi de okul minibüsüne binerdi. Sakız Sardunya'nın evi yakın olmadığından o da minibüs kullanan öğrenciler arasındaydı.

En sevdiği ders fen bilimleriydi. Bilhassa "yeryüzü", "gökyüzü", "Ay", "çevremizde yaşayan canlılar" gibi konular... Başka ülkeler, uzak yerler hakkında bilgiler edinmek güzeldi. Dünya ne kadar büyüktü. Gerçi tahtada asılı haritada küçücük görünüyordu.

Sakız Sardunya Dünya'nın yuvarlak olmasından memnundu. İyi ki üçgen ya da dikdörtgen değildi. Ya da kare. Ya da beşgen. Ya da dokuzgen. Ya da prizma. İyi ki sivri köşeleri yoktu. Yuvarlak olunca yeryüzünü kucaklaması daha kolaydı. Her yer aynı uzaklıktaydı. Kâh karada yürüye yürüye, kâh denizde yüze yüze insan tamamını kat edebilirdi. Kuş olsan yeryüzünün bir ucundan bir ucuna uçabilirdin. Yorulunca mola verir, başka kuşlarla ahbaplık ederdin.

İki sene evvel yaş gününde Sakız Sardunya'ya babası bir atlas hediye etmişti. O gün bugündür en sevdiği şey buydu. Evdeyken hiç yanından ayırmazdı. Zaman zaman okula getirirdi. Ders aralarında fırsat buldukça sayfalarını karıştırırdı. Devletlerin bayraklarını kâğıtlara çizip tek tek boyardı. Başkentleri ezbere bilirdi. Güney Amerika, Afrika, Asya'daki ülkelerin çoğunu gözü kapalı sayabilirdi. Büyüyünce gidip, o yabancı yerleri görmek istiyordu. Neyse ki dünyayı dolaşabilmek için kuş olmak gerekmiyordu.

Sakız Sardunya Türkiye haritasını da iyi bilirdi. Hangi bölgede ne sebzeler yetişir; nerelerde kışlar soğuk, yazlar serin geçer; nüfusun en yoğun olduğu şehirler hangileridir... bu soruların cevaplarını şıp diye verebilirdi. Deniz, dağ, orman, nehir... Türkiye'de ne çok güzellik vardı. Bu topraklar zengin ve bereketliydi. Ne yazık ki insanlar doğanın kıymetini bilmiyor, çevreye saygı göstermiyorlardı. Sakız Sardunya yeşili korumak için okulda bir kampanya başlatmak istiyordu. Bu en büyük hayaliydi. Ama ona gülerler diye çekiniyordu. Neden mi? Tabii ki isminden dolayı! İnsanın ismi "Sakız Sardunya" olunca bitkileri ve ağaçları korumak için bir kampanya yürütmesi çok zordu. Bu durumla dalga geçecek yaramaz öğrenciler olduğuna emindi.

"Ne o Sardunya? Kendin gibi bitkiler için kampanya mı başlattın?" diyerek güleceklerdi, kesin.

Fen bilimleri öğretmeni Leyla Hanım, Sakız Sardunya'yı çok severdi. Öğrencisinin meraklı sorularını her zaman sevgi ve sabırla yanıtlardı. Bir tek o Sakız Sardunya'nın ismini olduğu gibi söylerdi. Oysa diğer öğretmenler kısaltma kullanırdı. Ya "Sakız" ya "Sardun" derlerdi. Ama Leyla Hanım asla! Öteki öğrenciler durumun farkındaydı. Leyla Hanım sınıftayken kimse Sakız Sardunya ile dalga geçmezdi.

Bugünkü derste ülkelerden bahsediyordu. Ara verince gülümseyerek sınıfa baktı. "Evet, sorusu olan var mı?"

Leyla Hanım her zaman yumuşak sesle konuşur, öğrencilerini fikirlerini paylaşmaları için cesaretlendirirdi. Okuldaki en iyi öğretmenlerden biriydi. "Soru sormak isteyen çekinmesin sorsun lütfen," dedi.

Sakız Sardunya parmak kaldırdı. Kafasını kurcalayan bir konu vardı.

"Dinliyorum," dedi Leyla Hanım.

"Öğretmenim, Japonya'ya niçin Uzak Doğu diyoruz?"

Arka sıralardaki yaramaz oğlanlar güldüler.

"Gülmeyin, gayet mantıklı bir soru," dedi Leyla Hanım. Sonra şefkatle Sakız Sardunya'ya döndü. "Hem uzak, hem doğuda olduğu için böyle diyoruz."

"Ama Çin'de yaşayan birine göre Japonya yakın. Avustralya'daki biri için orası Uzak Doğu değil, Yakın Kuzey."

Leyla Hanım başını salladı. "Çok doğru bir gözlem, aferin. Biz insanlar her şeyi kendimize göre anlıyoruz. Oysa dünyanın merkezinde değiliz. Kimse değil. Neresi 'uzak', neresi 'yakın', neresi 'güney', neresi 'kuzey'... Bunlar hep bakan göze göre değişir."

Sakız Sardunya öğretmenine saygıyla gülümsedi. Tekrar konuya döndüler. Leyla Hanım severek ders anlattı. Sakız Sardunya hevesle defterine notlar aldı. Her fen bilimleri dersinde olduğu gibi zil çalınca suratı asıldı. Keşke bitmeseydi bu ders. Hiç bitmeseydi.

* * *

Türkçe dersi sakin geçti. Selma öğretmen hasta olduğu için yerine geçici olarak bir başkası geliyordu. Herkes kendi başına kitaptan bir bölüm okuyup defterine özetledi. Derken sıra geldi matematiğe!

Fen bilimleri dersinde Sakız Sardunya mutluydu. Kendine güveniyordu. Ama matematik dersinde durum tam tersiydi. Matematikte zorlanıyordu. Rakamları sevmediğinden değil. Seviyordu ama nedense her matematik dersinde aklı dağılıyordu. Ya başlıyordu hayaller kurmaya. Ya sıkılıyor, uykusu geliyordu. Bugün de öyle oldu. Bir türlü dikkatini toplayamadı.

Matematik öğretmeni Sinan Sarımtırakkulak okuldaki en sert öğretmendi. Herkes ondan korkardı. Diğer öğretmenler bile! Hatta müdür bey bile! Hatta okul bahçesindeki kediler, havadaki martılar bile!

Sinan Bey kısa boylu, tombul ve parlak yüzlü bir adamdı. Koyu çerçeveli, kalın camlı gözlüklerinin ardında devamlı gözlerini kırpıştırırdı. Neredeyse keldi. Bir tutam saçını kafasının sağ tarafından soluna atar, kelini kapatmaya çalışırdı.

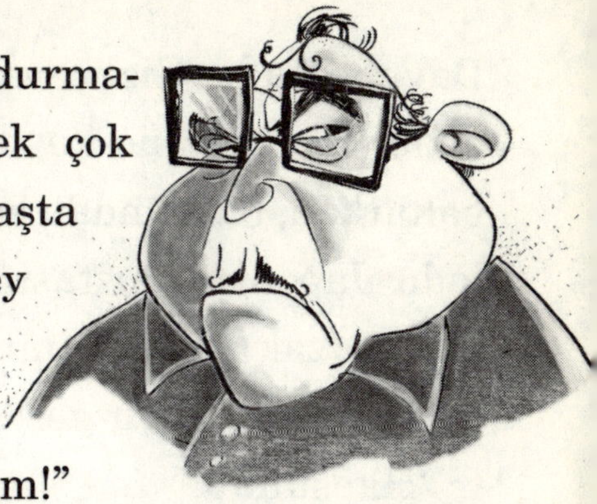

Tahtada ders anlatırken durmadan hapşırırdı çünkü pek çok şeye alerjisi vardı. En başta tebeşir tozuna. Sinan Bey her hapşırdığında öğrenciler hep bir ağızdan bağırırdı. "Çok yaşayın hocam!"

"Tamam, tamam. Sululuk yok!" diye azarlardı öğretmenleri.

Ama iki dakika sonra gene hapşırırdı. O zaman herkes gene bağırırdı: "Çok yaşayın hocam!"

Bugün Sinan Bey hazırlıklı gelmişti. Tebeşir tozundan kendini korumak için yüzüne benekli bir mendil bağlamıştı. Ağzı burnu kapalıydı. O yüzden sesi biraz tuhaf çıkıyordu.

"Herkes defterlerini açsın! Çıt istemiyorum, anlaşıldı mı? Konuşmak yok! Aranızda fısıldaşmak yok! Yaramazlık yok! Asilik yok! Tembellik yok! Tahtaya ne yazıyorsam aynısını defterinize yazın. Marş, marş!" dedi.

Sakız Sardunya iç çekti, fare gibi kaleminin arkasını kemirdi. Birazdan gözleri yerde duran çantasına kaydı. Bugün atlasını yanında getirmişti.

Dayanamadı. Gizlice atlası çantasından çıkarıp dizlerinin üzerine koydu. Bir yandan öğretmene bakarken, bir yandan sayfaları karıştırmaya başladı. Japonya haritasını açtı. Demek kimilerine göre "Uzak Doğu" kimilerine göre "Yakın Kuzey" olan ülke böyle bir yerdi.

"Hapşuuuu!"

Anlaşılan mendil işe yaramamıştı. Öğrenciler hep bir ağızdan bağırdı. "Çok yaşayın hocam!"

"Tamam, tamam. Sululuk yok! Ha... ha... hapşuuuu!"

Nedense bugün Sinan Sarımtırakkulak her zamankinden fazla hapşırıyordu. Yanaklarının üst kısımları ve alnı pespembe olmuştu. Tahtaya hızlıca bir işlem yazdı, tebeşiri duvara fırlattı.

"Kim biliyor sorunun cevabını? Çabuk söylesin. Size ders anlatayım diye sağlığım bozuldu."

Birkaç kişi aceleyle el kaldırdı. Genelde matematik dersinde hep aynı öğrenciler parmak kaldırırdı. Öğretmen de aynı kişilere söz verirdi. Ama bu sefer nedense Sinan Bey mendilin üzerinden gözlerini kıstı. Sınıfın arka sıralarına baktı. Pat diye Sakız Sardunya'ya işaret etti.

"Sen! Uzun saçlı kız! Neydi ismin?" dedi. "Çiçekli bir şeydi."

Bütün öğrenciler gülerek bağırdı: "Saksıda Sardunya hocam!"

"Tamam, tamam sululuk yok," diye herkesi azarladı Sinan bey. "Cevapla bakalım çiçek kız."

Sakız Sardunya telaşla etrafa bakındı. Ne sorulduğunu bile bilmiyordu ki. "Affedersiniz, bir an dalmışım. Soruyu tekrar sorabilir misiniz?"

Sinan Sarımtırakkulak'ın zaten pembe olan alnı kızgınlıktan kıpkırmızı oldu. "Hah, dalmışmış. Ben burada mahvoluyorum size bir şeyler öğretmek için. Hani takdir eden var mı? Yok! Evladım niçin dinlemiyorsunuz? Niçin beni üzüyorsunuz? Bana mı gerekli bu bilgiler? Yooo. Ben zaten biliyorum. Size gerekli, size! Eğer şimdi dinlemezseniz sınavda sıfır alırsınız. Koca bir sıfır!"

İki elinin baş ve işaret parmaklarını birleştirerek iki çember yaptı. Ellerini gözlerine götürdü. Böylece gözlük üzerine gözlük takar gibi oldu. "Sıfır!" diye tekrarladı.

Sakız Sardunya sıkıntıyla yutkundu. Herhâlde öğretmeni artık yerine oturmasını söyleyecekti.

Ama öyle olmadı. Sinan Bey bir soru daha sordu: "Anlat bari, niye daldın? Neredeydi aklın?"

"Japonya'da..." dedi aniden Sakız Sardunya. Elleriyle ağzını kapattı. Eyvah, ağzından kaçıvermişti.

Bir gülüşme koptu.

"Özür dilerim," dedi Sakız Sardunya.

Ama öğretmen özrünü duymamıştı. "Japonya ha??? Bana bak, ceza olarak sana herkesten fazla ödev vereceğim. Bir sonraki derse hepsini yapmış olarak geleceksin. Yoksa sınıfta bırakırım haberin olsun!"

Bir gülüşme daha yükseldi.

"Peki öğretmenim," dedi Sakız Sardunya.

Başını önüne eğdi. Gözleri dolu dolu yerde duran atlasa baktı. Keşke şu anda başka bir diyarda olsaydı. Afrika'da filler, zürafalar, zebralarla koşsa; Güney Amerika'da lamaları beslese; Asya'da çöl geyiklerini kovalasa; Antarktika'da foklarla top oynasaydı... Matematik dersinde, herkesin ortasında öğretmenden azar işitmek yerine, keşke atlasın içine girip, dünyayı dolaşsaydı.

Evdeki Sır

Beden eğitimi dersi bitip, sınıf dağılınca Sakız Sardunya her zamanki gibi okul servisine bindi. Ön sıralar kapılmıştı; arkalara doğru yürüdü. Ortalarda oturan haylaz Feyyaz onu görünce şarkı söylemeye başladı:

Yağmur yağıyor seller akıyor,
Saksıda Sardunya camdan bakıyor.

Sakız Sardunya duymazdan geldi. Bazı kişiler böyleydi. Hep başkalarını üzmek istiyor, kırıcı laflar söylüyorlardı. Bu tür insanları ciddiye almamak daha akıllıcaydı.

En arka sıraya doğru ilerledi. Orası boştu. Pencere kenarına geçti, yüzünü cama dayayıp dışarı baktı. Biraz sonra minibüs hareket etti. Yayalar, arabalar, evler, kediler, köpekler ve martılar gördü. Ne çok hayat vardı. Bütün bu insanlar acaba neler düşünüyordu? Mendil satan çocuk? Simit yiyen yaşlı adam? Telaşla yürüyen şu güzel ve alımlı kadın?

Aklı anne babasına gitti. Şu anda ne yapıyorlardı acaba? Temiz kalpli, sevgi dolu insanlardı. Sakız Sardunya ailesini seviyordu, hem de çok. Ama keşke bazı şeyleri değiştirebilseydi. Annesi genellikle endişeli, babası ise dalgındı. Annesinin kafası kaygılarla doluydu, babasınınki iş güç ile. Sakız Sardunya tek çocuklarıydı. Belki başka çocuk istememişlerdi. Belki istemişlerdi ama olmamıştı. Sakız Sardunya bunları sormaya hiçbir zaman cesaret edememişti.

Evde, banyoda, bezden bir çamaşır torbası asılıydı. Kocaman bir kutup ayısı şeklindeydi. Sakız Sardunya buna "Sorulmaması Gereken Sorular Çuvalı'" ismini takmıştı. Ne zaman anne babasına soramadığı bir sorusu olsa, zihninde gizlice bu torbaya atardı. Böyle o kadar çok soru birikmişti ki torba artık şişmişti. Gerçi arada bir merakına yenik düşer; dilini tutamaz; Sorulmaması Gereken Sorular Çuvalı'ndan bir tanesini çekerdi. "Annecim tam olarak kaç yaşındasın?" ya da "Annecim biraz şişmanladın galiba, kaç kilo oldun?" gibi. Ne yapabilirdi ki? Meraklı bir çocuktu. Hem zaten çocuk olmak, meraklı olmak anlamına gelmiyor muydu?

Sakız Sardunya tek çocuk olmaktan bazen mutlu, bazen şikâyetçiydi. Ama tanıdığı bütün çok-çocuklar (tek-çocuk kelimesine karşılık bu kelimeyi bulmuştu) tıpkı onun gibi bazen mutlu, bazen şikâyetçiydi. Demek ki kendi durumu onlarınkinden pek farklı değildi.

Kendine ait bir odasının olmasından memnundu. Oyuncaklarını, kitaplarını, kaplumbağalarını kimseyle paylaşması gerekmiyordu. Ama zaman zaman yalnızlık çekiyordu. Fena mı olurdu bir kardeşi olsaydı? Ya da yakın bir arkadaşı? Sokaklarda oynamasına ya da komşu çocukların evlerine gitmesine izin yoktu. O yüzden kimseyle ahbaplık edemiyordu. Alt katta oturan huysuz Efekan gibilerle oynamak istemiyordu tabii. Ama mahallede başka çocuklar vardı. İyi kalpli, sevimli çocuklar. Onları merak ediyor, arkadaşlarının olmasını arzu ediyordu. Ne yazık ki annesi izin vermiyordu.

“Anne ya, sen küçükken dışarıda oynamaz mıydın? Ben niye yapamıyorum?” diye sormuştu bir seferinde.

“Bizim zamanımız farklıydı,” demişti Hayal Hanım. “Ben çocukken sokaktan bir-iki araba geçerdi, o kadar. Şimdi vızır vızır! Otobüsler, taksiler, dolmuşlar, motosikletler... Dünya değişti. Her şey bozuldu. Eskiden domatesi keserdin, mis gibi kokusu gelirdi! Artık yok! Domates gibi kokan bir domates bulamazsın! Hepsi saman gibi kokuyor."

Sakız Sardunya sorduğu soru ile aldığı yanıtın ne ilgisi olduğunu anlamamıştı. "Ben domates istemiyorum ki... oyun oynayacak arkadaş istiyorum."

"Tamam evladım. Ben de diyorum ki nasıl domates gibi kokan domates kalmadıysa, sokakta oynamak diye bir şey de kalmadı. Nokta."

Sakız Sardunya anlamıştı ki annesi onu dinlemeyecekti. O da kendini kitaplara vermişti. Küçüklüğünden beri kitaplar en yakın dostlarıydı. En çok da romanlar ve hikâyeler. Şiir de severdi. Odasında pek çok kitabı vardı. Ayrıca okul kütüphanesinden düzenli olarak kitap alır, okur, zamanında geri götürürdü.

Minibüs durdu. Sakız Sardunya bir baktı ki eve varmışlar. Düşüncelere dalınca zamanın nasıl geçtiğini anlamamıştı. Çantasını kucaklayıp ön tarafa yürüdü. Neyse ki günlerden Cuma idi.

Okulunu seviyordu (sevmediği yanları da vardı tabii) ama hafta sonlarını iple çekiyordu. Hafta sonu demek babasıyla beraber dolaşmaya çıkmak demekti. Parkta oturur, deniz kenarında yürüyenleri seyreder, kâğıt helva yer, çekirdek çitlerlerdi. Bol bol konuşurlardı. En güzeli buydu: Baba-kız durmadan konuşurlardı.

Minibüsün ortalarına yaklaşmıştı ki haylaz Feyyaz ayağına çelme taktı. Sakız Sardunya az kalsın düşüyordu. Son anda koltuğun koluna tutundu, düşmekten kurtuldu. Ama eşofmanın cebi koltuğun kenarına takıldı ve yırtıldı.

Bunu gören Feyyaz güldü. "Ha, ha, annenden azar işiteceksin!"

"Niye yaptın bunu?" dedi Sakız Sardunya yarı şaşkın, yarı kızgın.

"Ne yaptım ki?" dedi Feyyaz ellerini iki yana açıp. "Ben masumum."

"Hadi iniyor musun?" diye seslendi ön taraftan şoför. "Bir sorun mu var?"

Şoför Sezai Bey olan biteni fark etmemişti. Sakız Sardunya istese Feyyaz'ı şikâyet edebilirdi. Yapmadı. Aslında bir öğrenci bir öğrenciye bilerek kötü ve kaba davranıyorsa bu durumu öğretmenlere ve okul personeline söylemek gerekiyordu.

Sakız Sardunya kapıya yöneldi. "Yok bir şey," diye mırıldandı.

Şoför Sezai Bey gülümsedi. "Güle güle Sardunya kız."

Sakız Sardunya minibüsten indi. Başını kaldırıp bakınca gördü ki Feyyaz burnunu pencereye yapıştırmış, dil çıkarıyordu. Yaşına uygun olmayan bir hareketti. Bazı oğlanlar on bir yaşında bile beş yaşındaymış gibi davranabiliyordu. Tabii bazı kızlar da.

Ne zordu çocuk olmak. Büyük olsaydı kendi işi, kendi evi olurdu. Her sabah okula gitmek yerine ofise giderdi, ne güzel. Sevmediği insanlarla okul servisine binmesi gerekmezdi. Akşamları dilediği kadar televizyon seyredebilir, istediği saatte uyuyabilirdi. Hiç ev ödevi yapmazdı. Büyüklerin hayatları daha kolaydı. Bunun farkında değillerdi. Çünkü çocukluklarında neler çektiklerini unutmuşlardı. Hatırlasalar, ne kadar şanslı olduklarını anlarlardı. Ama onlar sürekli şikâyet ediyorlardı.

Bir keresinde babasıyla bu konuyu konuşmuştu. Hasan Bey gülmüştü. "Ama evladım, işe gitmek okula gitmekten daha zor. Okulda her gün yeni şeyler öğreniyorsunuz. Aralarda çıkıp oyun oynuyorsunuz. Büyüklerin her günü aynı. Oyun da yok! Büyük olmak daha sıkıcı."

"Sıkıcı mı?" diye sormuştu Sakız Sardunya. Ona göre yetişkin olmak, özgür olmak demekti. Özgürlük nasıl sıkıcı olabilirdi ki?

"Büyüyünce anlarsın," demişti Hasan Bey.

Bu lafı da beğenmiyordu Sakız Sardunya. Bir şeyi anlamak için on sene beklemesi mi gerekiyordu yani? Niye şimdi anlatmıyorlardı?

* * *

Minibüs öksüren bir dev gibi sesler çıkararak hareket etti. Göz açıp kapayıncaya kadar sokağın köşesini döndü.

Sakız Sardunya eşofmanının yırtık kısmını parmaklarıyla onarmaya çalıştı. Olmadı. Annesi kesin kızacaktı. "Bu yaşa geldin hâlâ kıyafetlerine bakamıyorsun," diyecekti.

Yorgun adımlarla apartmana girdi. Üçüncü katta oturuyorlardı. Asansör vardı ama durmadan bozuluyordu. O da merdivenlere alışmıştı. Basamakları çıkmayı seviyordu çünkü kapalı kapılar ardında ne tür hayatlar yaşandığını hayal edebiliyordu.

Merdivenleri yavaş yavaş çıktı. Burnuna yemek kokuları geldi: patlıcan, biber, kabak kızartması... sarmısaklı yoğurt... kızarmış patates ve köfte... Midesi kazındı. Öğle yemeğinde bir şey yememişti. İştahı kapanmıştı. Ancak şimdi fark etti ne kadar acıktığını.

Kapılara baktı. Ayakkabılar dışarıda çıkarılmış, dikkatlice dizilmişti. Eşiklerin iki yanında saksılar vardı. Efekanların dairesinden elektrik

süpürgesi sesi geliyordu. Karşıdaki evden deterjan kokuları yükseliyordu.

Evlerde sürekli temizlik yapılıyordu. Camlar siliniyor, halılar süpürülüyordu. Oysa sokaklar ve meydanlar aynı şekilde temiz değildi. Sakız Sardunya bunu anlayamıyordu. İnsanlar evlerine özen gösteriyor ama yaşadıkları şehirlere kötü davranıyordu. Araba camlarından boş kutu fırlatıyor, yerlere çekirdek kabukları atıyor, piknik sonrası çöplerini toplamıyorlardı. Nasıl evde böyle temiz, sokakta böyle özensiz olabiliyorlardı? Bu da büyüklerin dünyasında çözemediği bilmecelerden biriydi.

Üçüncü kata ulaştı, soluklandı. Kendi anahtarı vardı ama zile bastı. Annesi hemen açardı kapıyı. Ama nedense bugün gecikti.

Tam Sakız Sardunya anahtarını çıkarıyordu ki kapı sessizce açıldı. Hayal Hanım yüzünde endişeli bir gülümsemeyle belirdi.

"Geldin mi yavrum? Hoş geldin canım."

"Eşofmanım yırtıldı," dedi Sakız Sardunya. Doğruyu söylemek daha iyiydi.

"Hiç önemli değil, olur böyle şeyler. Çıkar da dikeyim," dedi Hayal Hanım.

"Kızmadın mı?" diye sordu Sakız Sardunya eşofman üstünü çıkarırken.

Annesi duymamıştı sanki. Dalgın görünüyordu. "Dikiş kutusunu bulayım," diye mırıldandı arka odaya doğru yürüyerek.

"Öğle yemeğimi de yemedim," dedi Sakız Sardunya.

Bir an sessizlik oldu. "Olsun yavrum, önemli değil, şimdi yersin," diye seslendi odadan Hayal Hanım.

"Kızmadın mı?" diye sordu Sakız Sardunya tekrar. Bir kez daha uzun bir sessizlik oldu.

O zaman Sakız Sardunya anladı ki tuhaf bir şeyler dönüyor. Annesi her zaman tepki gösterdiği konulara ses çıkarmıyorsa, hatta yemek yememiş olmasına bile laf etmiyorsa, demek ki ortada beklenmedik bir durum vardı.

Acaba evde neler oluyordu? Acaba annesi ondan ne saklıyordu?

Beklenmedik Bir Yolculuk

Sakız Sardunya salona girince şaşırdı. Babası Hasan Bey koltukta oturuyordu. Oysa bu saatte hiç evde olmazdı.

Hasan Bey öylece durmuş, pencereden dışarı bakıyordu. Ne gazete okuyor, ne bulmaca çözüyor, ne hesap yapıyordu. Gözlüklerini bile takmamıştı. Tuhaf şey! Babası tanıdığı en çalışkan insandı. İlk defa onu boş otururken görüyordu.

"Benim akıllı kızım, zekâ küpü kızım, hoş geldin,"

dedi Hasan Bey onu görünce. "Nasılsın bakalım?"

Sakız Sardunya gülümsedi. Babası onunla gurur duyardı. Hep böyle güzel sözler söyler, yüreklendirirdi.

"İyiyim."

Koltuğun kenarına oturdu, başını babasının boynuna yasladı. O tanıdık kokuyu içine çekti. Biraz tıraş losyonu, biraz sabun kokusu. Hayal Hanım yıllardır eve hep aynı sabunu alırdı. Banyoda, mutfakta herkes defne sabunu kullanırdı.

"Okul nasıl geçti?" diye sordu Hasan Bey.

"Fen bilimleri dersinde Leyla öğretmenden aferin aldım."

"Bir aferin de benden o zaman."

"Ama... matematik dersinde azar işittim."

Hasan bey şefkatle gülümsedi. "Üzülme, en iyi öğrenciler bile bazen düşük not alır. En akıllılar bile bazen şaşırır. Atalarımız ne demiş: El elden üstündür."

"O ne demek?"

"Yani hiç kimse her şeyi bilemez. Sen bir konuda çok bilgili olsan bile muhakkak senden fazla bilen biri vardır."

"Ama sen her şeyi biliyorsun."

"Ben mi? Ben de bilmiyorum," dedi Hasan Bey.

Sakız Sardunya bu cevaba inanmadı. Babası tanıdığı en bilgili insandı.

Tam o esnada annesi içeriden seslendi: "Sakız Sardunya!"

"Hıııı?"

"Anneye 'hı' denmez evladım, 'efendim' denir."

"Efendim?"

"Gel sofrayı hazırlamama yardım et."

Sakız Sardunya mutfaktan tabakları aldı, masaya yerleştirdi. Çatalları, bıçakları, bardakları, peçeteleri dizdi. Bir yandan da göz ucuyla babasına bakıyordu. Ortada bir şeyler olduğunu hissediyordu. Kafası karışmıştı.

"Gene daldın bakıyorum," dedi Hayal Hanım elinde bir tencere makarnayla içeri girerken. "Ne düşünüyorsun böyle kukumav kuşu gibi?"

"Kukumav kuşu ne?"

"Bir çeşit kuş işte."

"Düşünür mü peki?"

"Durmadan düşünür," dedi Hayal Hanım.

Sakız Sardunya kaşlarını çattı. "Ne biliyoruz?

Belki insanlar öyle zannediyor. Kuşların dili yok ki anlatsınlar."

"Evladım lafın gelişi öyle dedim."

Lafın gelişi... Yetişkinlere dair anlayamadığı şeylerden biri de buydu. Madem insanlar kelimeleri kendileri seçiyordu, "lafın gelişi" ne demekti? Cümleler kendi başına yürüyüp geliyor muydu? Bunları sormak istediyse de dilini tuttu, fikirlerini kendine sakladı.

Nihayet sofra kuruldu. Hep beraber oturdular. Yemekte her zaman konuşur, birbirlerine gün boyu neler yaptıklarını anlatırlardı. Ama bu sefer ortada alışılmadık bir sessizlik vardı.

Çorbalarını yeni bitirmişlerdi ki Hasan Bey, Hayal Hanım'a baktı. "Artık kızımıza söylememiz gerek."

"Neyi?" dedi hemen Sakız Sardunya.

Hayal Hanım boş çorba kâsesini kenara itti, zorla gülümsedi. "Babanla ben bir yolculuğa çıkmak zorundayız."

"Yolculuk mu?" dedi Sakız Sardunya. "Niye? Nasıl? Ne zaman? Nereye?"

"Yarın gidiyoruz," dedi annesi.

"Ama hafta sonu babamla gezecektik..." dedi Sakız Sardunya ağlamaklı.

Hasan Bey kızının elini tuttu. "Dönüşte yaparız, sana söz veriyorum. Uzun bir seyahat değil, sadece bir hafta."

"Bir hafta mı?" diye bağırdı Sakız Sardunya. "Çok uzun! Hem neden daha önce söylemediniz?"

"Yeni belli oldu. Biz de bilmiyorduk," dedi annesi. "Biz yokken sana anneannen ve deden bakacak. Epeydir gidemedik, seni göremediler, eminim çok özlemişlerdir. Ne şanslısın. Kim bilir seni nasıl şımartacaklar."

Doğruydu. Anneanne ve dedesi onu çok severdi.

Sakız Sardunya da onları.

"Ama anneannemler burada değil ki. Oraya gidersem okulu kaçırırım."

Ne tuhaf. Şimdiye dek, okula gitmek zorunda olmadıkları için büyükleri hep kıskanmıştı. Hatta bazı sabahlar okula gitmemek için hasta numarası bile yapmıştı. Oysa şimdi derslerinden bir gün bile geri kalmak istemiyordu.

"Merak etme. Baban müdür beyle konuştu, izin aldı. Sadece beş gün kaçırıyorsun, fazla değil. Öğretmenlerden ders notlarını isteyeceğiz. Hemen arayı kapatırsın."

Annesi bunları söylerken bir yandan da tabağına makarna dolduruyordu. Sakız Sardunya kaygıyla sordu: "Peki nereye gidiyorsunuz?"

"Yurt dışına," dedi babası gözlerini kaçırarak.

Sakız Sardunya biliyordu ki büyükler ne zaman gözlerini kaçırsalar bir şey saklıyorlar demekti. Daha da meraklandı. İçinden babasına sarılmak, "Sorun değil, bana her şeyi anlatabilirsin," demek geldi ama yapamadı. Onu ürkütmekten çekindi.

"Sadece bir haftalığına," diye tekrarladı annesi. "Babanın iş gezisi. Benim de eşlik etmem gerek.

Yoksa seni de alırdık. Ama söz veriyoruz. Bir dahaki sefer hep beraber gideriz. ”

“Peki Gece ile Gündüz ne olacak? Kim bakacak onlara?”

Hasan Bey ile Hayal Hanım birbirlerine baktı. Belli ki bu konu akıllarına gelmemişti.

“Bir kavanoza koyup yanımda götürebilirim,” dedi Sakız Sardunya.

Hayal Hanım kaşlarını kaldırdı. “Olmaz evladım. Ya Canikom kaplumbağaları yerse?”

Canikom, Sakız Sardunya’nın anneannesinin kedisiydi. Tombul, turuncu, tembeldi. Olur olmadık her şeyi ağzına atmasıyla ünlüydü. Bir keresinde Sakız Sardunya’nın terliklerinin ponponlarını kemirmiş; bir başka sefer de evdeki mürekkep hokkasını yere döküp yalamıştı. Bir ay boyunca dili mavi kalmıştı.

Hasan Bey söze girdi: “Annen haklı. Hem yazık hayvanlara. Yollarda telef olur, yorulurlar.”

“Burada kim bakacak?” dedi Sakız Sardunya.

“En iyisi alt kattaki komşuya bırakmak, nokta,” dedi Hayal Hanım.

Sakız Sardunya bu fikirden hoşlanmadı. Komşunun oğlu Efekan'a güvenmiyordu. O haylaz oğlan kaplumbağalara yanlış bir şey yedirebilirdi. İtiraz ettiyse de dinleyen olmadı. Haksızlıktı. Anne babası gene ona danışmadan bir karar almışlardı.

Sakız Sardunya içinden kendi kendine söz verdi: Büyüyüp anne olunca çocuklarını her zaman dinleyecekti. "Hı, hı..." diye onları geçiştirmeyecekti.

Makarnasını zorlukla tamamladı. Yemek biter bitmez odasına kapandı.

Odası onun sığınağıydı. Günün önemli bir kısmı burada geçiyordu, özellikle hafta sonları. Etrafa göz gezdirdi. Raflarda rengârenk eşyalar vardı: defterler, bilezikler, kolyeler, at ve köpek biblolari, çizgili sincap resimleri... Duvarda, gümüş bir çerçeve içinde, ailecek hayvanat bahçesini ziyaret ettiklerinde çektirdikleri fotoğraf asılıydı. Arkada yeşil-mavi papağanlarla. Yanındaki fotoğraf birkaç sene evvel tiyatro oyununda çekilmişti. O oyunda Sakız Sardunya, prenses olmuştu. Ama rolünü sevmemişti. Prenses olmak sıkıcıydı. Oyun boyunca bir kulede oturmuş, prensin gelip kendisini kurtarmasını beklemişti. Prens olmak daha heyecanlıydı. Onun atı, ejderhası, kılıcı vardı. Bütün ilginç maceraları prens yaşamıştı. Haksızlıktı.

Anneannesine gidecekse hazırlık yapması gerekiyordu. Dolapta duran boş bavulu çıkardı. Acaba içine ne koymalıydı? Önce günlüğünü aldı. Ne zaman kendini yalnız hissetse günlüğüne yazardı.

Sonra kitap raflarına uzandı: *Küçük Kara Balık, Alice Harikalar Diyarında, Mutlu Prens, 80 Günde Devri Alem, Demiryolu Çocukları* en sevdiği eserlerdi; onları aldı. *Bir Şapşalın Günlüğü, Gizem Avcıları* ve *Şipşak Hayaller Dükkânı* serilerinden birer kitap seçti (hepsini okumuştu). *Huckleberry Finn'in Serüvenleri, Oz Büyücüsü, Küçük Kadınlar, Gökyüzündeki Mor Bulutlar, Müzik Satan Çocuklar,* Nasreddin Hoca'dan *Ye Kürküm Ye* ve Charles Dickens'tan *Oliver Twist...*

Sırada çizgi romanlar vardı. Gerçi annesi çizgi roman okumasından hoşlanmıyordu. "Yaramaz oğlanlar okur öyle şeyleri," diyordu. Hayal Hanım zannediyordu ki bütün çizgi romanlar balta-silah, kavga-dövüşten ibaretti. Hâlbuki içlerinde büyük ve eğlenceli bir evren vardı. Sakız Sardunya küçüklüğünden beri çizgi romanları severdi. Resimlerle kelimelerin yan yana gelmesi güzeldi. En beğendiği Marvel-*Yenilmezler* serisini bavulun altına koydu.

Büyükler çocuklara devamlı "Kitap oku evladım!" diyorlardı. Ama madem kitapları bu kadar önemsiyorlardı neden kendileri okumuyordu?

Hayal Hanım da Hasan Bey de pek okumuyorlardı doğrusu. Ama kızlarının kitap sevgisinden memnundular.

Bir keresinde Sakız Sardunya annesine bu konuyu sormuştu. "Anne ya, bana hep kitap oku diyorsun. Sen neden okumuyorsun?"

Hayal Hanım içerlemişti. "Sen oku diye biz çalışıyoruz. Anneler babalar niye uğraşıyor? Tabii ki çocukları okuyabilsin diye. Baban yazık işten yorgun dönüyor, bir lokma yemek yiyor, uyuyor. Ne zaman okusun adamcağız? Ben bütün gün evde çalışıyorum. Biliyor musun ne kadar zor yuvayı çekip çevirmek? Yemek pişir, bulaşıklar dağ gibi. "

"Bulaşık makinemiz var," demişti Sakız Sardunya usulca.

"Olsa da fark etmez. Ortalığı topla, alışverişe git, bir bakıyorsun gün geçmiş. Okumaya vakit yok. Büyüyünce anlarsın."

Gene o laf: *Büyüyünce anlarsın*. Yetişkinler ne kadar seviyordu bu sözü!

"Ama televizyon seyretmeye zaman var," demişti Sakız Sardunya. Annesini kızdırmak ya da kırmak istemiyordu. Sadece anlamaya çalışıyordu.

"O kadar yorgun olunca başka ne yapacaksın? Beynimizi boşaltıyoruz. Televizyon insanın yorgunluğunu alıyor. "

İşte bunu anlamıyordu Sakız Sardunya. O da seviyordu TV seyretmeyi. Beğendiği filmler, diziler, çizgi filmler vardı. Ama "beynini boşaltmak" istemiyordu. Annesi bu lafı ettiğinden beri, beynine bir şey olur diye korkusundan daha az TV seyrediyordu. Ne olur ne olmaz. Beyni insana lazımdı.

Bir de şunu fark etmişti Sakız Sardunya: Büyükler kitap okumanın iyi bir şey olduğunu söylüyorlardı ama kitap okuyan çocukları sürekli bölüyorlardı. Oysa ders çalışana ilişmiyorlardı. Ama eğer kendi seçtiğin bir kitabı okuyorsan, durmadan senden bir şey istiyorlardı: *"Sakız Sardunya kalk, bana su getir." "Sakız Sardunya git masayı hazırla." "Sakız Sardunya balkondaki çiçekleri sula."* Niçin ders çalışan insana karışmıyor ama kitap okuyanı rahatsız ediyorlardı? Buna bir anlam veremiyordu Sakız Sardunya. Ne tuhaftı büyükler!

Sehpanın üzerinde, cam fanusun içindeki Gece ile Gündüz'e baktı. Minik su kaplumbağaları her şeyden habersiz uyukluyordu.

"Efekan yaramazının size verdiği her şeyi yemeyin sakın," diye fısıldadı Sakız Sardunya, kaplumbağaların onu duymadığını bilse de.

Kapıya göz attı. Kapalıydı. En önemli konuyu en sona bırakmıştı. Yatağın altında sakladığı şeyi çıkardı. Soluğunu tuttu, kalbi hızlandı. Ne zaman bu eşyayı eline alsa heyecanlanıyordu.

Işıklı bir dünya küresiydi bu. Portakaldan büyük, kavundan küçüktü. Üzerinde denizler, nehirler, göller, dağlar ve yanardağlar görünüyordu. Ülkelerin sınırları farklı renklerde küçük taşlarla çizilmişti ve bunlar yanıp sönüyordu. Tam ortasından, yani Ekvator çizgisinden tutunca, kapaklı bir kutu gibi açılıyordu. Fakat içi boştu. Oysa ağırlığına bakılırsa boş değildi. Belki de gizli bir bölmesi vardı. Ne kadar kurcaladıysa da bulamamıştı.

Küreden kimseye bahsetmemişti. Zaten bulalı daha bir hafta olmuştu. Anne babasına anlatacaktı tabii, uygun bir anı beklemişti. Gerçi anlattığı zaman ona inanırlar mıydı, bilemiyordu. Çünkü bu sıradan bir küre değildi. Sihirliydi. Henüz bunu ispatlayamazdı. Ama sıradışı olduğunu hissediyordu.

Sakız Sardunya'yı esas şaşırtan kürenin üzerindeki bir tuhaflıktı. Biliyordu ki dünyada yedi kıta vardı: Afrika, Antartika, Asya, Avrupa, Kuzey Amerika, Güney Amerika ve Avustralya/Okyanusya. Oysa bu kürede yedi değil, sekiz kıta göze çarpıyordu! Atlas Okyanusu'nun ortasında kocaman bir ada gibi yeni bir kıta çıkmıştı. Şekli de acayipti. Dikkatlice bakınca açık bir kitaba benziyordu.

Sakız Sardunya sekizinci bir kıta olmadığından emindi. Acaba kürenin üzerine sonradan mı eklenmişti? Öyleyse bunu buraya kim neden çizmişti? Yoksa gerçek miydi? Belki de çok eskiden, hani dinozorlar ve mağara insanları devrinde, böyle bir kıta vardı ama zamanla batmış ya da kaybolmuştu. Olabilir miydi? Bütün bu soruların yanıtlarını merak ediyordu.

Dolabından bir elbise aldı. Küreyi özenle elbiseye sardı, bavulun dibine yerleştirdi. Üzerini kitaplarla kapatıp, güzelce sakladı. Anneanne ve dedesini ziyaret edince bunu da yanında götürecekti. Nasıl olsa orada okula gitmeyeceğinden, bol bol vakti olacaktı.

Sihirli dünya küresinin sırrını yakında keşfedecekti.

Şaşırtıcı Bir Keşif

Küreyi bulduğu günü hatırladı...

Bundan bir hafta önceydi. Sakız Sardunya okul kütüphanesine uğramıştı. Ders aralarında fırsat buldukça soluğu burada alırdı. Kütüphaneyi seviyordu. Buraya o kadar çok gelmişti ki nerede ne var iyi biliyordu. Girişte sağ tarafta macera romanları duruyordu. Bunların çoğunu okumuştu. Karşıdaki rafta uzay kitapları vardı, alt rafta doğa ve hayvanlarla ilgili olanlar...

Kitaplar harf sırasına göre diziliydi.

Dalgın dalgın yürüdü. Ne kadar çok kitap vardı. Hepsini okumak istiyordu. Acaba insan tüm bir kütüphaneyi okuyabilir miydi? Kaç yıl sürerdi bu kadar kitabı bitirmek? Üstelik sürekli yeni kitaplar çıkıyordu. Kütüphaneler de çocuklar gibi hızla büyüyordu. Kütüphaneci Aysel Hanım bile her eseri okumamıştı.

Sakız Sardunya C-D harflerinin olduğu bölümde durdu. Epeydir okumak istediği bir roman buradaydı: *Çocuk Kalbi*. Aradığı kitabı kolaylıkla buldu ve raftan çekip aldı. O anda kitabın arkasında duran parlak bir cisim dikkatini çekti. Yaklaştı, dikkatlice baktı. Ne olabilirdi ki?

Orada yuvarlak bir cisim duruyordu. Kirli, tozluydu. Şaşırdı. Kütüphaneci Aysel Hanım titiz bir insandı. Kitapların tek tek tozlarını alır, mekânı tertemiz tutardı. Küre dikkatinden kaçmış olmalıydı. Herhâlde öğrencilerden biri yanlışlıkla rafa koymuş, sonra da unutmuştu. Sakız Sardunya küreyi eline aldı. O anda tuhaf bir hisse kapıldı. Belki de birisi bunu buraya saklamıştı. O kişi her kimse, dönüp almayı planlıyor olmalıydı.

Sakız Sardunya biliyordu ki küreyi Aysel Hanım'a teslim etmeliydi. Ya da hiç olmazsa bulduğu yerde bırakmalıydı. Ama yapamadı. Sağına soluna baktı. Etrafta kimse yoktu. Merak duygusu ağır bastı. Acaba küre neden tozluydu? Çok mu eskiydi? Nereden gelmiş olabilirdi?

O anda ilginç bir şey oldu. Kürenin üzerindeki taşlar yanıp sönmeye başladı. Sakız Sardunya korkuyla geri çekildi. Fakat içinden bir ses bu tuhaf nesnede önemli bir sır olduğunu söylüyordu. Ne olduğunu bulmalıydı. Cesaretini toplayıp, küreyi sırt çantasına koydu. *Çocuk Kalbi* kitabı için daha sonra tekrar gelecekti. Çıkışa yöneldi. Tam o sırada bir ses duydu.

"Sakız Sardunya!"

Eyvah! Yakalanmıştı! Yüreği hop etti. Döndü baktı. Kütüphane başkanı Aysel Hanım koridorda duruyordu. Yüzünde kocaman bir gülümseme vardı. Aysel Hanım, Sakız Sardunya'yı çok severdi.

"Gidiyor musun?" dedi Aysel Hanım.

"Evet, efendim."

"Hayret. Bugün kitap almıyorsun bakıyorum."

Sakız Sardunya kızardı. "Elimdeki romanı tekrar okumaya karar verdim."

Aysel Hanım başını salladı. "Bana da olur. Bir hikâyeyi çok seversem gene okumak isterim. Hatta bazen kitap bitince üzülürüm. Bitmesin diye yavaş okuduğum bile olur."

"Benim de," dedi Sakız Sardunya.

"Sevdiğim kitapları yeniden okurum. Ve biliyor musun hep şaşırırım. Çünkü tekrar okuduğumda sanki aynı eser değildir. Farklı gelir."

Sakız Sardunya merakla dinledi. "Neden?"

"Aynı değildir çünkü ben değişmişimdir. Her gün yeni şeyler öğreniyoruz. Kitabı ilk okuduğumda daha az şey biliyor olurum, ikinci okuyuşumda daha çok şey. Okur değişince, okunan da değişiyor."

Sakız Sardunya söylenenleri tam olarak anlamamıştı ama duyduklarından hoşlanmıştı. Gülümsedi. Fakat tedirgindi. Ya Aysel Hanım sırt çantasına göz atarsa? Ya görürse küreyi aldığını? Nasıl açıklayabilirdi? Neyse ki o esnada bir öğretmen Aysel Hanım'a seslendi.

"Gitmem gerek," dedi Aysel Hanım. "Sonra görüşürüz."

Sakız Sardunya el salladı. "Güle güle."

Ve sessizce kütüphaneden çıktı.

Bütün gün yalnız kalacağı bir anı bekledi. Fen bilimleri dersinde bile o kadar dalgındı ki anlatılanlara kendini veremedi. Leyla öğretmenin yüzü tahtaya dönükken, Sakız Sardunya çaktırmadan eğildi, sıranın altına girdi, çantasını aradı. Tam küreyi almak üzereydi ki öğretmenin sesini duydu.

"Sakız Sardunya yerde ne arıyorsun?"

Panikle kafasını sıraya çarptı. Sınıfta gülüşmeler oldu. Hemen kendini toparladı. Doğruldu.

"Efendim öğretmenim?"

Leyla öğretmen en sevdiği öğrencisinin dalgınlığına anlam verememişti. "Bir şey mi düşürdün?"

Sakız Sardunya bocaladı. Yalan söylemek istemiyordu. "Affedersiniz," dedi sadece.

Dersin geri kalanı sakin devam etti. Sakız Sardunya bir daha küreye bakmadı. Ders aralarında bile! Diğer öğrencilerin yanında bunu yapamazdı. Beklediği fırsat son derste geldi.

* * *

Beden eğitimi dersinde bütün öğrenciler bahçede top oynuyordu. Sakız Sardunya bir şey unutmuş gibi yaparak sınıfa döndü. Etraf boştu. Midesi hasta olduğu için ön sırada uyuklayan Emrecan vardı sadece.

Sakız Sardunya arka tarafta sırasına geçti. Bulunduğu yerden Emrecan onu göremezdi. Dikkatlice çantasını araladı. Tuhaf şey! Sanki küre değişmişti. Tozlarından arınmıştı. Kim temizlemiş olabilirdi ki? Kıtaların etraflarındaki minik taşlar hâlâ yanıp sönüyordu ama daha cılız bir şekilde. Aniden bir müzik sesi duyuldu. Yumuşak, sakin, gizemli. Sanki derinlerden geliyordu; ta uzaklardan...

Melodinin nereden çıktığını anlamak için küreyi epey kurcaladı.

Ekvator çizgisinden tutup iki yana çekince açıldığını böyle keşfetti. Ama içinde bir şey bulamadı. Müzik kutularını bir anahtarla kurmak gerektiğini biliyordu. Oysa burada ne anahtar vardı, ne ayrı bir bölüm. Küre boştu.

Küreyi tekrar kapattı. Elinde top gibi çevirmeye başladı. Sekizinci kıtayı o zaman fark etti. Ne tuhaf! Nasıl olmuş da daha evvel görememişti? Yoksa bu kıta şimdi mi görünür olmuştu? Belki de okyanus sularına saklanmış, orada beklemiş, sonra kendini göstermeye karar vermişti. O an Sakız Sardunya'ya öyle geldi ki elinde tuttuğu küre canlıydı. Nefes alıp veriyor, hatta düşünüyordu. İrkildi. Bu tuhaf nesneyi hemen çantasına koydu. Beden eğitimi dersine döndü.

O günden bu yana tam bir hafta geçmişti. Bu süre içinde küreyi açmaya ancak birkaç kez cesaret edebilmişti. İki konuda kendine söz vermişti. Birincisi, durumdan anne babasına bahsedecekti. Fırsat bulur bulmaz onlara her şeyi anlatacaktı. İkincisi, küreyi kütüphaneye geri götürecekti. Ama o daha bunları yapamadan, anne ve babasının yolculuğa çıkacağını öğrenmişti.

Dışarıdan ayak sesleri duyuldu. Annesi genellikle aniden odaya dalardı. Babası ise kapıya vurur, bekler, sonra odaya girerdi.

Kapı pat diye açıldı. Hayal Hanım kafasını uzattı. "Oo, bakıyorum bavulunu toplamışsın bile."

"Evet, her şeyi güzelce katladım."

"Bakayım."

Sakız Sardunya kıpkırmızı oldu. Ya küreyi görürse? Neyse ki Hayal Hanım uzaktan incelemekle yetindi. "Tamam, aferin," dedi. "Gel hadi, tatlıdan ye."

Sakız Sardunya hevesle doğruldu. "Tatlı mı?"

"Tabii ya. Hem de en sevdiğin. Yangın tatlısı."

Sakız Sardunya çocukken "fırında sütlaç" yerine "yangın tatlısı" derdi. O gün bugündür ismi böyle kalmıştı. En sevdiği tatlıydı.

Gülümsedi. Annesi bir hafta ayrı kalacakları için üzülüyor olmalıydı. Biliyordu ki bazen büyükler duygularını açıkça anlatamazlardı. Onun yerine sevgilerini ufak tefek şeylerle dile getirirlerdi. Birinin en beğendiği yemeği pişirmek ona "Seni seviyorum," demekti. Annesinin elinden tuttu, gülümsedi.

"Ben de seni seviyorum," dedi usulca.

Anne kız sarıldılar.

O akşam Sakız Sardunya erkenden uyudu. Geç bir saatte kendiliğinden uyandı. Susamıştı. Koridordan gece lambasının solgun ışığı geliyordu. Mutfağa gitti, ses çıkarmadan bir bardak su doldurdu, lıkır lıkır içti.

Odasına dönerken salondan fısıltılar işitti. Anne babası henüz yatmamışlardı. Tam onlara doğru yürüyordu ki duyduğu bir sözle irkildi.

"Ameliyattan sonra hemen çalışmak yok. İyice dinlenmen gerek," dedi Hayal Hanım.

"Dinlenirim, söz veriyorum. Ama kızımıza bir şey belli etmeyelim, çocukcağız üzülmesin," dedi Hasan Bey.

"Tabii, tabii. Sen merak etme."

Sakız Sardunya o zaman anladı ki babası aslında iş gezisine değil, ameliyat olmaya gidiyordu. Üzülmesin, meraklanmasın diye gerçeği ondan saklıyorlardı. Gözleri doldu. Anne babasını endişelendirmemek için bildiğini belli etmemeye karar verdi. Ama duygularını biriyle paylaşmalıydı.

Odasına dönünce bavula koyduğu günlüğünü çıkardı. Ona bir isim takmıştı: “Koca Ağaç”. Çünkü kâğıtların ağaçtan yapıldığını biliyordu. Ne kadar çok kâğıt harcanırsa o kadar çok ağaç kesmek gerekiyordu. Bu yüzden defterini dikkatli kullanıyor, boşa kâğıt harcamıyordu.

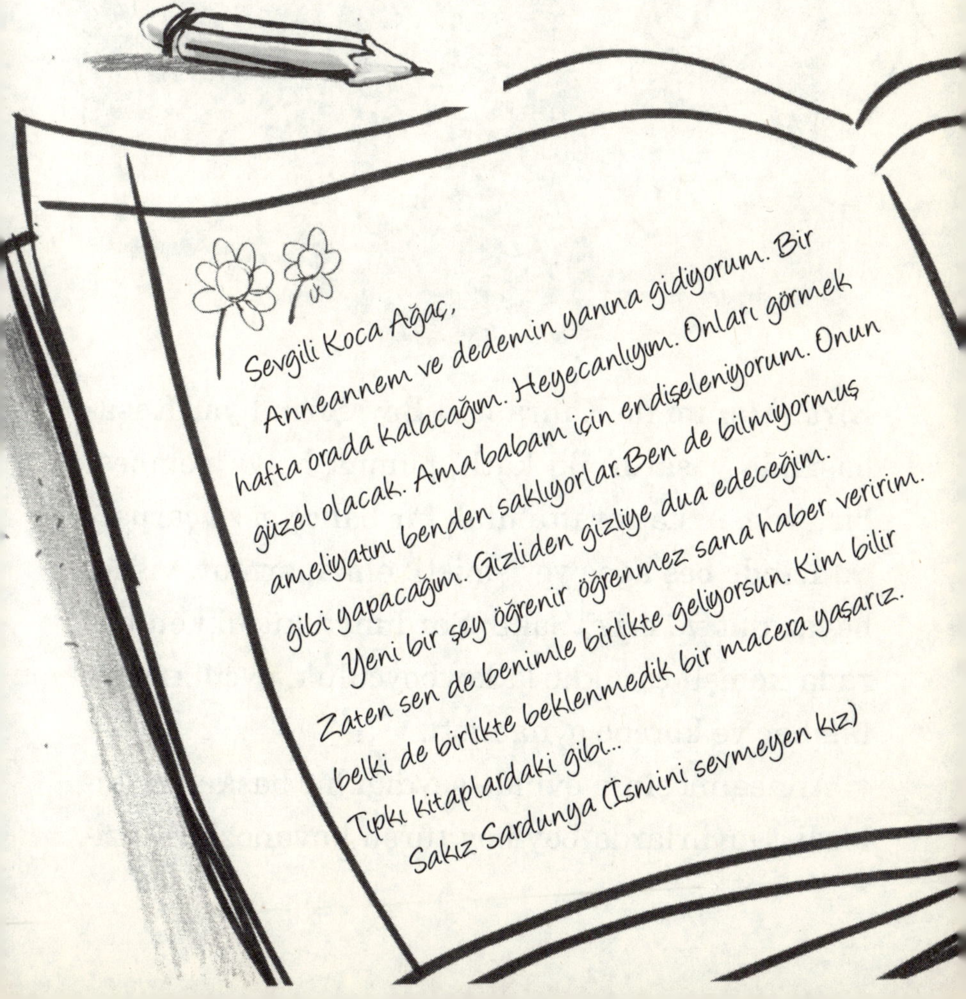

Kasabaya Ziyaret

Kiraz Hanım ile Kahraman Bey, Şirindiyar Kasabası'nda yaşardı; iki katlı, pamuk helva pembesi bir evde. Arka tarafta ufak bir bahçe göze çarpardı. İçinde beş ağaç yetişmişti: elma, armut, vişne, beyaz dut ve erik. Sakız Sardunya küçükken burada komşu çocuklarla kovboyculuk, evcilik, saklambaç ve körebe oynamıştı.

Anneannesinin evinde sevdiği bir başka yer kilerdi. Duvarlarda boy boy turşu kavanozları diziliydi. Lahana, salatalık, üzüm, patlıcan... O kadar çok çeşit vardı ki... Kiraz Hanım her yiyeceğin turşusunu yapabilirdi. İplerde biber, bamya, elma, armut kuruları asılıydı. Sepetlerde ceviz, fındık, fıstık... Bir de rengârenk reçel kavanozları: kayısı, portakal, çilek, incir... Kilerdeki renkler ve kokular Sakız Sardunya'yı büyülerdi. Anneannesi üşenmemiş, her kavanozun üzerine dantel bir örtü örtmüştü.

Zaten evin her tarafı dantellerle doluydu; her biri kar gibi beyaz, ince ince işlenmiş... Koltukların üzerinde dikdörtgen danteller; sehpaların üzerinde oval danteller; bibloların altında kare danteller; bardak altlarında yuvarlak danteller vardı. Televizyon, telefon ve radyonun üzeri de dantelle kaplıydı. Hatta bir kenarda şakıyan kanaryanın kafesi bile dantel bir örtüyle örtülmüştü.

Salonda mermer sehpanın üzerindeki kristal şekerlikte akide şekerleri dururdu. Akide tadında bir evdi burası. Sakız Sardunya buraya ilk defa bebekken gelmişti. O günden bugüne pek bir şey değişmemişti. Zamanın dışında bir yerdi. Ağaçlar büyüyor, çocuklar uzuyor, hayvanlar yaşlanıyor, mevsimler değişiyor, şehirler kalabalıklaşıyordu ama burada her şey aynı kalıyordu. Eşyalar bile. Kokular bile. Salondaki hava bile.

Sakız Sardunya ile annesi ertesi gün otobüsle Şirindiyar Kasabası'na gelmişti. Hayal Hanım annesiyle hasret giderip, kızına sarıldıktan sonra hemen geri dönmüştü. Şimdi Sakız Sardunya salonda, danteller arasında oturuyordu. Bir tarafında anneannesi, bir tarafında dedesi sevgiyle ona bakıyordu. Ayağının dibinde tombul, turuncu, tembel kedi Canikom kıvrılıp uyumuştu.

"Ay benim güzel torunum, hoş geldin, sefalar getirdin," dedi Kiraz Hanım. "Aç mısın evladım? Sana neler pişirdim, neler!"

Sakız Sardunya gayet iyi biliyordu ki "Aç değilim," dese bile anneannesi onu besleyecekti. O yüzden itiraz etmedi. "Evet, biraz yiyebilirim."

"Biraz olur mu evladım?"

Beş dakika içinde sehpanın üzeri kahvaltılıklarla dolmuştu. Kiraz Hanım minik ekmek dilimlerine tereyağ, süzme yoğurt, reçel, bal, pekmez sürdü. Bunları yan yana dizdi. Çikolatalı kek ve un kurabiyesi de vardı. Kokulara bakılırsa her ikisi de fırından yeni çıkmıştı.

Oysa annesi Hayal Hanım, Sakız Sardunya'nın fazla şeker tüketmesini istemezdi, dişleri çürümesin diye. Kiraz Hanım'ın evinde ise böyle kurallar yoktu. Daha doğrusu kurallar vardı ama bir tek dedesi için. Kahraman Bey her şeyi tuzsuz, yağsız ve şekersiz yiyordu. "Saman gibi tadı var bu yemeklerin," diye hep şikâyet ederdi. Ama Sakız Sardunya için yasak yoktu. Normalde yiyemediği her şeyi burada tüketebiliyordu. Hatta çay içmesine bile izin vardı.

"Bak bunun adı paşa çayı," dedi anneannesi. "Az çay, bol su, biraz da bal."

"Kızlara paşa çayı olur mu hanım?" dedi Kahraman Bey gülerek. "Kızlardan paşa olmaz ki."

"Doğru, onunki peri çayı olsun o zaman."

Sakız Sardunya, peri çayını yudumlarken düşündü. Belki bir gün kızlar da paşa olabilirdi. Bu konuyu ilk fırsatta günlüğüne yazmaya karar verdi.

"Bugün dedenle bahçeye çıkın, çiçek ekin. Sonra mutfakta bana yardım edersin. Komşular misafirliğe geliyor," dedi Kiraz Hanım.

"Peki," dedi Sakız Sardunya. "Biraz da odamda kitap okuyabilir miyim?"

Kiraz Hanım başını salladı. "Tabii ya, unutmuşum senin ne kitap kurdu olduğunu. Oku evladım, oku. Oku da hepimizden daha ileriye, daha iyiye ulaş!"

Sakız Sardunya için arka oda hazırlanmıştı. Burada eskiden, yani ta onun yaşındayken, annesi uyurmuş. O günden bu yana oda aynıydı. Duvardaki guguklu saat çalışmıyordu. Kim bilir kaç yıl önce durmuştu. Etrafta eskimiş posterler vardı. Sakız Sardunya'nın bilmediği şarkıcıların ve film yıldızlarının resimleri...

Bavulunu açtı. Sihirli küreyi dikkatlice çıkardı. Nereye saklayacağını önceden düşünmüştü. Guguklu saatin içine koydu. Nasıl olsa anneannesi buraya bakmazdı. Sonra bavuldan bir kitap aldı, başladı okumaya.

Bu arada mutfaktan harika kokular yükseliyordu. Sakız

Sardunya bir ara dayanamadı, içeri gitti. Salondaki masanın üzeri dolmuştu. Börekler, kurabiyeler, kekler, sarmalar, dolmalar... Gözlerine inanamadı.

"Bu kadar çok yemeği nasıl yiyecekler?"

"Yemeseler bile çıkarmak gerek."

"Neden?"

"İkram evladım. Komşularına ne kadar fazla ikramda bulunursan o kadar değer veriyorsun demektir. Sadece iki çeşit çıkarırsan, bu ne anlama gelir?"

"Bilmem," dedi Sakız Sardunya.

"Sana önem vermiyorum anlamına gelir! Ayıp olur."

Sakız Sardunya'nın kafası karışmıştı. "Ama siz bana her zaman 'yemek artırmayalım, günah olur' dersiniz. Bu kadar yemeği yiyemeyeceklerine göre artacak, yazık günah değil mi?"

Kiraz Hanım durakladı. "Bu kadar akıllı olma evladım," dedi gülerek.

Az sonra komşular birer ikişer gelmeye başladı. Sakız Sardunya odadan seslerini duyabiliyordu. Çay kaşıklarının şıngırtısı bebek ağlamalarına karışıyor; arada gülüşmeler kopuyordu. Nasıl bu kadar gürültü yapabiliyorlardı? Dedesi Kahraman Bey şapkasını, bastonunu alıp kahvehaneye gitmişti. Çıkmadan önce göz kırparak, "Ben kaçıyorum evladım, sen de kendini kurtar," demişti şakadan.

Birdenbire sesler alçaldı. Sakız Sardunya ondan bahsettiklerini hissetti; dikkat kesildi. Anneannesi komşularına, damadının ameliyat olacağını anlatıyordu.

"Aman sakın çocuğa söylemeyin, bilmiyor," dedi Kiraz Hanım sesini alçaltarak. Oysa Sakız Sardunya her şeyi duymuştu.

"Yok canım, söylemeyiz," dedi diğer kadınlar.

Az sonra Kiraz Hanım içeriden seslendi: "Sakız Sardunya, evladım."

"Ay hakikaten ismi bu mu? Ben şakadan öyle diyorsun zannediyordum," dedi birisi.

"Yok komşum," dedi Kiraz Hanım. "Sen buraya yeni taşındın, bilmiyorsun neler çektim. Rahmetli annemin ismini verin torunuma dedim, bir türlü dinletemedim. İsim yokmuş gibi..."

Hepsi birden sustular çünkü Sakız Sardunya tam o anda odaya girdi. Kadınlardan biri kaş göz işareti yaptı. Sakız Sardunya bu işareti biliyordu. Büyükler ne zaman bir şey saklamak isteseler böyle yaparlardı. Hâlbuki onlar böyle davranınca, çocuklar konuşulanları daha çok merak ediyordu.

Sakız Sardunya yavaş adımlarla salonun ortasına doğru ilerledi. Kadınlar ve çocuklardan oluşan topluluk merakla ona bakıyordu. Hatta kucaktaki bebek bile ağlamayı kesmiş, onu seyrediyordu. Zavallı Sakız Sardunya kendini uzaylı gibi hissetti. Başka bir gezegenden buraya yanlışlıkla ışınlanmıştı sanki...

"Gel evladım, çekinme," dedi Kiraz Hanım. "Herkes seni soruyor."

"Maşallah ne güzel kız," dedi bir misafir. Diğerleri de kafalarını salladılar.

Sakız Sardunya odadaki çocukları inceledi. Hepsi ondan küçüktü. Kucaktaki bebek halıya inmiş, yerde emekliyordu.

"Söyle bakalım, neler yapıyorsun?" dedi tombul bir hanım.

"Hep kitap okuyor," dedi Kiraz Hanım kıvançla. "Gözlerini bozacaksın diyorum, söz dinletemiyorum."

"Maşallah, maşallah."

Aniden bebek öksürmeye başladı. Kimse fark etmeden ağzına bir şey atmıştı. Bütün kadınlar panik içinde ayağa fırladı. Neyse ki bebeğin ağzındaki ufak bir kurabiye parçasıymış. Birazdan nefesi normalleşti.

Ama bu arada Sakız Sardunya odasına kaçmıştı.

Sakız Sardunya kapıyı kapattı. Odadaki eşyalara baktı. Sanki her şey uykudaydı ve bir dokunuşla uyanacaktı. Masallardaki gibi... Guguklu saatin içinden küreyi çıkardı, okşadı. Müzik sesi geldi.

Bu kez daha cılızdı. Âdeta küre zayıflamış, enerjisi azalmıştı. Birden tuhaf bir fikre kapıldı. Belki de bunu kütüphanede bulmasının bir nedeni vardı. Küre, kitapların olduğu yerde güç kazanıyordu. Yakınında hikâyeler, masallar, şiirler olunca üzerindeki taşlar ışıldıyordu. Eğer öyleyse, küre okul kütüphanesine güç toplaması için bırakılmıştı. Sakız Sardunya onu alıp evine getirdiği zaman sorun olmamıştı çünkü odasında çok kitabı vardı.

Ama burada durum farklıydı. Kiraz Hanım ve Kahraman Bey ne roman okurlardı, ne şiir. Raflarında sadece biblolar ve sararmış fotoğraflar vardı. O yüzden sihirli küre burada solmuştu. Demek ki kitapların olmadığı yerde zayıflıyor, tılsımını kaybediyordu.

Sakız Sardunya bunları düşünerek pencereye yaklaştı, dışarıya baktı. O anda, ağaç dalları arasından onu seyreden bir çift göz fark etti. Bahçenin öbür köşesinde daha önce hiç görmediği bir kız çocuğu merakla onu inceliyordu.

Gözleri ne kadar farklıydı. Sakız Sardunya hayretle baktı. Evet, yanlış görmemişti. Bu kızın gözleri kocamandı ve tavşanlarınki gibi pembeydi. Mavi saçları yukarıdan bir iple asılmış gibi dimdik havada duruyordu. Kulakları kıvrık, burnu kalkıktı. Yanakları rengârenk çillerle kaplıydı. Dikkatlice bakınca ilginç bir oyuncağa benziyordu. Ya da çılgın bir ressamın çizdiği bir resme.

"Resim-kız," diye fısıldadı Sakız Sardunya hayretle.

Yeni Arkadaşlar

Sakız Sardunya pencereyi açtı. Pervazdan atlayarak bahçeye çıktı. Onun geldiğini gören Resim-Kız ürkek adımlarla yaklaştı. Herhâlde on, on bir yaşlarındaydı. Teni un çuvalından çıkmış gibi bembeyazdı. Kolunda kocaman bir bilezik vardı. Bu bileziğin bir kenarı mavi, bir kenarı yeşil iple örülmüştü. Ortasında ise camdan bir top ışıldıyordu.

"Sen de kimsin?" dedi Sakız Sardunya.

"Adım Zeliş."

"Hangi evde oturuyorsun?" diye sordu Sakız Sardunya, sokağı göstererek.

"Hiçbirinde," dedi Zeliş. "Biz buradan değiliz."

"Biz mi dedin?"

"Evet. Ben ve kardeşim," dedi Zeliş ve ilerideki armut ağacını işaret etti.

Ağacın arkasında bir oğlan duruyordu. En fazla dokuz yaşında olmalıydı. Kısa boylu, tombuldu. Simsiyah saçları yukarıya, sağa sola kıvır kıvır uzamıştı. Çılgın bir şarkıcıyı andırıyordu. Ama çok utangaçtı. Saklandığı yerden çıktı. Tedirgin bir-iki adım attı.

"Merhaba," dedi Sakız Sardunya.

"Merha-ha...ba."

"Kardeşim kekemedir," dedi Zeliş.

Sakız Sardunya ilgiyle baktı. Daha önce kekeme biriyle tanışmamıştı. Şimdiye kadar bulunduğu her ortamda farklı olan oydu. İlk defa kendisi gibi sıradışı çocuklarla tanışıyordu. Aslında belki bu hayatta herkes farklı, herkes sıradışıydı ama insan bunu hemen anlayamıyordu.

"İs-mmm...im Asutay," dedi oğlan.

"Hiç böyle isim duymadım," dedi Sakız Sardunya ve der demez suratı kıpkırmızı kesildi. Hep başkaları ona böyle şeyler söylerdi. Şimdi ilk defa kendisi aynı lafı etmişti. Hâlbuki duymayı sevmediği bir sözü başkasına söylememesi gerektiğini düşündü. Utandı.

Neyse ki oğlan alınmamıştı. Omuzlarını silkti. "Sen duymamış ola-la...bilir-sin. Ama bu benim is-mmm...im."

"Affedersin, öyle dememeliydim. Aslında herkes benim adımın tuhaf olduğunu söyler. Ben Sakız Sardunya."

"Ne güzel ismin var," dedi Zeliş. Asutay da başıyla onayladı.

Sakız Sardunya kulaklarına inanamadı. İlk defa birileri isminin güzel olduğunu söylüyordu. "Şey... ben isminin anlamını merak ettim," dedi oğlana. "Asutay ne demek?"

"Hır...çın at yavrusu! Ama ben hiç hır-çın de-de...ğilim ga-galiba."

"Memnun oldum," dedi Sakız Sardunya gülümseyerek. "Nereden geliyorsunuz?"

Zeliş eliyle uzakta bir yeri işaret etti. "EFHİMA Ülkesi'nden."

"Efff ne?"

"Efsaneler, Hikâyeler, Masallar Ülkesi."

"Öyle bir yer yok," dedi Sakız Sardunya. "Coğrafyam çok iyidir."

Bu sefer Zeliş omuz silkti. "Derste henüz anlatmamış olabilirler."

Sakız Sardunya bir an düşündü. "Peki nasıl bir yer bu? Ne yetişir orada?"

O zaman Zeliş'in tatlı yüzü gölgelendi. "Memleketimiz eskisi gibi değil. Bir zamanlar yemyeşildi, sular çağlardı; ormanlarında periler, ejderhalar yaşardı. Ama şimdi giderek kurumakta."

"Periler mi? Ejderhalar mı? Daha neler!"

"Bana inanmayabilirsin," dedi Zeliş. "Masallara da inanmayabilirsin. Ama masal diye bir şey olduğunu reddedebilir misin? İşte bildiğin bütün masallar bizden çıkmış. Oradan dünyaya yayılmış."

"Nasıl yani?"

"Şöyle..." dedi Zeliş ve açıklamaya devam etti. "İlk başta yola çıkarak pek çok ülkeden fikir topluyoruz. Bunları, yanımızda getirdiğimiz çuvallara, harf harf dolduruyoruz. Buna 'işlenmemiş hammadde' diyebilirsin."

"Sonra?" dedi Sakız Sardunya merakla.

"Sonra ülkemize dönüyoruz. Orada Alfabestan Fikir Kampı var. Kampa çekilip, fikirleri teker teker değerlendiriyor, işliyor ve yepyeni hikâyeler, masallar, efsaneler geliştiriyoruz. Dünyanın geri kalanı ile bizim ülkemiz arasında yıllardır süren bir dostluk var. Daha doğrusu, vardı."

"Peki ne değişti? Memleketiniz neden kuruyor?"

Zeliş içini çekti. "Şöyle anlatayım: Ne zaman burada bir çocuk severek kitap okusa, ne zaman bir yetişkin bir hikâye ya da masal anlatsa ve yepyeni bir fikir doğsa sekizinci kıtada bir çiçek açar, bir kuş cıvıldar. Ya da bir şelale çağlayarak akar. Burada olan her şey bizi etkiler."

Sakız Sardunya kaşlarını çattı. Tam "Ama dünyada yedi kıta var!" diye itiraz edecekken küreyi hatırladı. Acaba Zeliş'in bahsettiği yer, sihirli kürede görünen o garip kara parçası mıydı? Peki ama sekizinci bir kıta varsa, sevgili öğretmeni Leyla Hanım bunu niye anlatmamıştı? Yoksa o da mı bilmiyordu böyle bir yer olduğunu?

"Ülkeler arasında ilişkiler neden bozuldu?" dedi Sakız Sardunya.

"Mesele şu: Artık çocuklar eskisi gibi kitap okumuyor, hayal kurmuyor. Sürekli bigilsaraylarla oynuyorlar."

"Bilgisayar," diye kibarca düzeltti Sakız Sardunya. "Ben de seviyorum bilgisayar oyunlarını."

"Tabii, oynasınlar. Ama kitap da okusunlar," dedi Zeliş. "Hayal gücü insana gerekli. Tıpkı ekmek gibi, su gibi önemli. Eskiden çocuklar maceralar yaşarmış. Sokaklarda oyunlar oynar, hayaller kurarlarmış. Bazen korsan, bazen kovboy, bazen uzaylı olurlarmış. Şimdi dışarı çıkmalarına izin yok. Peki evde ne yapıyorlar? Ya elektronik oyunlarla uğraşıyor ya da televizyon seyrediyorlar."

"Aynen!" dedi Sakız Sardunya heyecanla. "Babam diyor ki biz çocukken bütün günümüz sokakta geçerdi. Eve girmezdik. Annelerimiz balkondan bağırırdı, hava kararırdı, acıkırdık, o zaman eve dönerdik. Şimdiki çocuklar bunu bilmiyor diyor. Ama anneme bunu anlatamıyorum bir türlü. Tutturdu domatesler kokmuyor diye!"

İki çocuk şaşkınlıkla Sakız Sardunya'ya baktılar.

"Sokakta oyun oynamayan, evde kitap okumayan çocukların hayal güçleri nasıl gelişebilir?" diye devam etti Sakız Sardunya.

"Haklısın," dedi Zeliş. "Yaratıcı fikirler biterse sekizinci kıta çöle döner. Nehirler kurur, ağaçlar meyve vermez olur. Açlık ve kuraklık başlar. O zaman bizden size masallar, hikâyeler, efsaneler gelemez. Giderek dünyanın her tarafı bundan etkilenir. Her yer kurur."

"Bu korkunç olur," dedi Sakız Sardunya.

"Biliyorum. İşler oraya gelmeden bir şeyler yapmalıyız. Kıtamızı kurtarmalıyız. Bunun için yola çıktık. Kardeşim ve ben haftalardır doğu-batı her yeri gezip, bir sürü fikir topladık."

Ancak o zaman Sakız Sardunya duvarın dibinde duran heybeleri, çuvalları fark etti. İçlerinde rengârenk harfler vardı.

"Bunları bir an evvel ülkemize götürmeliyiz," dedi Zeliş. "Orada bu fikirlerle yeni hikâyeler, şiirler gelişecek. Sonra bunlar tekrar dünyanın dört köşesine yayılacak."

"Anlamadığım bir şey var. Niçin kendi fikirlerinizi kendiniz üretmiyorsunuz?" dedi Sakız Sardunya.

Zeliş kıpkırmızı oldu. Belli ki bu konu canını sıkıyordu. "Evet, belki masal, hikâye, efsane üretebiliyoruz ama ilk fikri bulmamız zor oluyor. Biz sizler gibi yaratıcı değiliz. Öyle bir yeteneğimiz yok."

"Bence herkes yaratıcıdır," dedi Sakız Sardunya.

"Herkes, evet. Bir tek biz değiliz."

Sakız Sardunya merakla dinledi. İkna olmamıştı. Birden aklına başka bir soru takıldı. "Peki ama anneannemin bahçesinde ne işiniz var?"

"Küreyi takip ettik," dedi Zeliş. "Zor oldu çünkü

burada sinyaller azaldı. Yolda kaç kez kaybolduk."

"Sinyal mi?" dedi Sakız Sardunya hayretle. Gözleri Zeliş'in bileziğine takıldı. Üzerindeki billur top, güneş ışığında durmadan renk değiştiriyordu.

"Evet, sihirli küre bize sinyal gönderir," dedi Zeliş. "Memleketimizden ayrılan herkese bir tane verilir. Kaybolmayalım diye. Onu, şarjı hiç bitmesin diye, ilk gelişimizde, kitapların arasına yerleştiririz. Sonra da ondan aldığımız sinyaller sayesinde, bileziğin üzerindeki haritaya bakarak yolumuzu buluruz. Küre, bulunduğu yerden alınırsa ve enerjisi azalırsa, şarj etmek gerekir. Tekrar kitapların yanına koyarız ki enerjisi geri gelsin."

"Küre İstanbul'da se-senin evindeyken nerede oldu...ğunu bi-bi...liyorduk ama burada sinyaller azal...dı-dı," dedi Asutay.

"Çünkü benim odamda çok kitap var. Ama anneannemlerin evinde yok. Ben de fark ettim; buraya gelir gelmez ışığı azaldı," dedi Sakız Sardunya.

"Evet, kitapların olduğu yerde küre güçlenir," dedi Zeliş.

"Şimdi anlıyorum. Demek onu okul kütüphanesine bırakan sizdiniz," dedi Sakız Sardunya.

Asutay başını salladı. "Ge...gelip kontrol ettik. Ama baktık, git...miş."

"Kürenin bileziğe gönderdiği sinyaller olmadan ülkemize dönemeyiz, yönümüzü bulamayız. Günlerdir şarj edebilmek için onu arıyoruz," dedi Zeliş.

Sakız Sardunya üzülmüştü. "Affedersiniz. Bunlara ben sebep oldum. Onu kütüphaneden çıkarmamalıydım. Hakkım yoktu."

"Oldu bir ke...kere. Sana kızmıştık ama geç...ti. Küs...me-dik," dedi Asutay.

"İstemeden size zarar verdim," dedi Sakız Sardunya. "Hatamı düzeltmek için size yardım etmek istiyorum. Ben de geliyorum."

Zeliş alnını kırıştırdı. "Biz EFHİMA'dan buraya rahatlıkla gelebiliriz ama tersi zor."

"Buradan oraya giden kimse yok mu?" diye üsteledi Sakız Sardunya.

"Evet, var," dedi Zeliş kollarını iki yana açarak. "Yapanlar oldu."

"Kim bunlar?"

"Şairler, yazarlar, film yönetmenleri, ressamlar, müzisyenler... Tabii bir de çocuklar. Zaten en güzel düşleri çocuklar kurar."

"Demek ki olabiliyor," dedi Sakız Sardunya. "Kim bu çocuklar?"

"Hayal gücü geniş çocuklar bazen ülkemizi ziyaret eder. Bir de küreyi bulanlar. Onlar da gelebilir."

"Benim gibi!" dedi Sakız Sardunya sevinçle.

"Evet. Senin gibi," dedi Zeliş. "Ama lütfen beni dinle, bu tehlikeli olabilir. Yol boyunca karşımıza bir sürü zorluk çıkabilir."

"Harika!" dedi Sakız Sardunya dinlemeden. "Hadi öyleyse gidelim."

Asutay ve Zeliş tedirgin gözlerle birbirlerine baktılar. Ama Sakız Sardunya çoktan yola koyulmuştu bile.

Kitapların Gücü

Sakız Sardunya pencereden geri atlayarak odaya girdi. Guguklu saatin içine sakladığı sihirli küreyi aldı. Salondan anneannesi ve komşu kadınların sesleri geliyordu. Zaman kaybetmeden bahçeye döndü.

Zeliş heyecanla atıldı. “Küremiz!”

Cılız bir ışık yayıldı taşlardan.

“Za...za...zavallı, enerji-jisi bi-bi-bitmiş,” dedi Asutay.

"Tıpkı cep telefonu gibi. Küreyi şarj etmek gerek. Ama elektrik yerine kitaplarla şarj oluyor demek," dedi Sakız Sardunya.

"Cep telefonu mu?" diye sordu Zeliş. "Ha, hatırladım ne olduğunu."

Sakız Sardunya irkildi. "Siz cep telefonu kullanmıyor musunuz yoksa?"

"Hayır."

"Ciddi mi? Burada herkes kullanır, çocuklar dışında," dedi Sakız Sardunya. "Birbirimizle böyle haberleşiriz. Siz nasıl haberleşiyorsunuz?"

"Düşüncelerimizle."

Şimdi şaşırma sırası Sakız Sardunya'daydı. Ama o başka soru soramadan Zeliş atıldı: "Kasabada nerede çok sayıda kitap bulabiliriz acaba?"

"Anneannemlerde pek yok. Komşu teyzelerin evlerinde de fazla olduğunu sanmıyorum," dedi Sakız Sardunya. "Eminim okumayı seven öğrenciler vardır ama çat diye evlerine gidemeyiz ki!"

Moralleri bozulmuştu. Çaresiz birbirlerine baktılar.

Ama Sakız Sardunya hem akıllı, hem yaratıcı bir çocuktu. Sorunlar karşısında hemen pes etmez, hep çare bulmaya çalışırdı. Şimdi de öyle yaptı. Birden yüzü canlandı. "Buldum! Nereye gitmemiz gerektiğini biliyorum. Hadi!"

"Ne...nereye?" diye sordu Asutay.

Sakız Sardunya'nın gözlerinde bir parıltı belirdi. Gülümsedi. "Bir fikrim var. Ülkenize döneceksiniz. Ama önce küreyi şarj edeceğiz!"

Gökkuşağı Kırtasiye, Şirindiyar Kasabası'ndaki tek kırtasiye-kitapçı dükkânıydı. Sakız Sardunya buraya çok daha küçükken bir-iki kez gelmişti.

Dükkâna yaklaşırken Zeliş, Sakız Sardunya'nın koluna girdi. "İçeride kim var bilmiyorum ama Asutay ile beni göremezse, sakın şaşırma."

"Sizi göremez mi? Neden?"

"Bizi sadece sihirli küreyi bulanlar görebilir. Onun dışındaki insanlar için görünmez durumdayız. O yüzden sadece sen konuşmalısın."

"Vaaaay!" dedi Sakız Sardunya. Doğrusu o da isterdi zaman zaman görünmez olabilmeyi. Gizlice etrafta dolaşıp, insanları dinleyebilir; kapalıyken bile kütüphanelere girebilir; hatta annesinin önünde dilediği kadar dondurma, çikolata yiyebilirdi.

Bunları düşünerek kapıyı açtı. İçerisi rengârenkti. Raflarda kâğıtlar, kartonlar, kalemler, defterler, çıkartmalar, oyun hamurları, boncuklar ve oyuncaklar diziliydi. Boydan boya bir duvarda kitaplar dururdu. Bunlar genellikle ders kitaplarıydı. Aralarında edebiyat eserleri de vardı: çok satan romanlar, az bilinen romanlar, dünya klasikleri, hikâye ve şiir kitapları... Müşterilerin çoğu öğrencilerdi. Ev hanımları, memurlar, bankacılar, öğretmenler de gelip roman alırdı. Dükkân sahibi Nazım Bey artık yaşlanmıştı. Ama hâlâ çok iyi bir okurdu. Her ay büyük şehirden bir kutu dolusu kitap getirtirdi.

Bugün Nazım Bey kasada oturmuş, dalgın dalgın gazete okuyordu. Kapı açılınca doğruldu. "Merhaba, nasıl yardımcı olabilirim?" dedi.

Sakız Sardunya bir an bocaladı. "Biz... yani ben... küreyi..."

"Şşşt," dedi Zeliş. Buraya niçin geldiklerini kimseye söylememelilerdi.

Neyse ki Nazım Bey anlamamışa benziyordu. Sakız Sardunya hemen toparladı. "Bir kitap sormak istiyorum. Sizde var mı acaba? Adı: *Define Adası.*"

"Var tabii, olmaz mı?" dedi Nazım Bey. "Ne güzel romandır. Ben de çocukken çok severdim."

Sakız Sardunya, Nazım Bey'in raflara yöneldiğini görünce atıldı. "Ama üç tane gerekli."

"Üç tane mi? "

"Evet," dedi Sakız Sardunya kararlılıkla.

"Hmmm, üç tane çıkar mı bilmiyorum. Depoya gidip bakayım."

Sakız Sardunya yaşlı adamı boş yere içeri gönderdiği için kendini kötü hissetti ama başka çaresi yoktu.

Yalnız kalır kalmaz çocuklar küreyi çantadan çıkardılar. Hızlıca raflara yöneldiler. Kitaplara yaklaşınca, üzerindeki taşlar parladı.

"Görüyor musunuz nasıl canlandı," dedi Zeliş.

Hızlıca küreyi romanların arkasına sakladılar.

Önüne kalın bir *Dünya Tarihi* kitabı koydular. Ne olur ne olmaz diye fıkra kitaplarıyla desteklediler. Dışarıdan bakınca belli olmuyordu. Kimse orada olduğunu tahmin edemezdi.

"Burada enerji toplasın," dedi Zeliş.

"Hadi gidelim," dedi Asutay.

"Ama kitapçı?" dedi Sakız Sardunya.

Tam o esnada içeriden ayak sesleri yükseldi. Nazım Bey geliyordu. Kaybedecek vakit yoktu. Dükkândan kaçarcasına uzaklaştılar.

Az sonra Nazım Bey depodan çıktı. "Sadece iki kopya var," diye seslendi. "Gerekirse öbürünü de sipariş veririz..."

Etrafına bakındı. Dükkânda kimse yoktu. "Aa, ne oldu şimdi?" diye mırıldandı.

Dışarı çıktı. Sokak boştu. Bir sokak köpeği miskin miskin önünden geçti. Adamcağız dükkâna döndü.

Herhâlde hayal gördüm, diye düşündü. İçini çekti. Senelerdir burayı tek başına yönetiyor, zor şartlarda geçinmeye çalışıyordu. Ailesi artık çalışmayı bırakmasını istiyordu. Ama o kitapları seviyordu.

Bir sandalyeye oturdu. Okuma gözlüğünü taktı. *Define Adası*'nı açıp, yıllar sonra yeniden okumaya başladı. Bir ara başını kaldırdı. Gözü sol taraftaki raflara takıldı. Bazı kitapların yeri değişmişti sanki. Etraftaki ışık artmış gibiydi.

Kendi kendine usulca gülümsedi.

Gökkuşağı Kırtasiye'den çıkınca üç çocuk bir süre hiç durmadan koştular. Arkalarında onları kovalayan kimse olmasa da yine de telaşlıydılar. Bacakları ağrıyınca bir köşede durup soluklandılar.

"Elindeki ne?" diye sordu Asutay.

"Günlüğüm," dedi Sakız Sardunya. "Onu da getirdim. Yol boyunca karşılaştığım ilginç şeyleri not edeceğim."

"Bakın!" dedi Zeliş kolundaki bileziği göstererek. Üzerindeki saydam top lamba gibi parıldıyordu. Daha da ilginci, topun içinde bir harita belirmişti! Ormanlar, vadiler, nehirler görünüyordu.

"Yaşasın, işe yarıyor," dedi Sakız Sardunya. "Kitapların yanında olmak küreye enerji veriyor!"

Zeliş sevinçle el çırptı. "Küre güçlendikçe, bileziğim de canlanıyor. Artık bize yol gösterebilir."

Asutay memnun gülümsedi. Rahatlamıştı. "Ya-yakında eve gi-gidebiliriz."

"Hadi," dedi Sakız Sardunya. "Kaybedecek bir an bile yok."

Zeliş güldü. "Sekizinci kıta epey uzak. Oraya yürüyerek mi gitmeyi düşünüyorsun?"

Sakız Sardunya durakladı. Sahi ya, bunu hiç düşünmemişti. "Peki nasıl gideceğiz?" diye sordu.

"Görürsün," dedi Zeliş gizemli gizemli.

Zeliş parmaklarını ağzına götürüp uzun, tiz bir ıslık çaldı. O anda gökyüzünde iki karaltı belirdi. Hızla yaklaştılar. Alçaldılar.

Sakız Sardunya gözlerine inanamadı. Bunlar kanatlı atlardı.

Seçenekler Ormanı

Atlardan biri çikolatalı süt, diğeri sütlü çikolata rengiydi. Yani ikisi de kahverengi tonlarıydı. Kızlar birinci ata bindiler, Asutay ise ikincisine.

"Havalanmak istediğimizde dört kez el çırparız," dedi Zeliş. "İnmek istediğimizde üç kez."

Dört kez el çırpmalarıyla havalanmaları bir oldu.

"Ay, ay!" diye bağırdı Sakız Sardunya. Yüzü korkudan bembeyaz olmuştu. Atının yelesine sımsıkı tutunmuştu. Gözlerini açıp aşağıya bakamıyordu çünkü bakınca başı dönüyordu.

“Atları sevmiyor musun yoksa?” dedi Zeliş.

“Seviyorum ama koşan atları seviyorum. Uçan atları değil.”

Asutay ve Zeliş kıkır kıkır güldüler.

“Midem bulandı,” dedi Sakız Sardunya. “Kimini araba tutar, kimini vapur. Beni de uçan at tuttu galiba.”

“Merak etme,” dedi Zeliş. “Birazdan alışırsın.”

Gerçekten öyle oldu. Sakız Sardunya her ne kadar diğerleri gibi rahat davranamasa da havada olmaya alıştı. Nehirler, ovalar, dağlar üzerinden uçtular. Köyler, kasabalar, şehirler gördüler. Çatıdan çatıya atladılar. Aşağıda kimsenin olan biteni fark etmemesi ne tuhaftı. İnsanlar kendi hayatlarıyla o kadar meşguldü ki kimse başını kaldırıp semaya bakmıyordu.

Yanlarından kuş sürüleri ve renkli uçurtmalar geçti. İpi kopmuş bir uçan balonla karşılaştılar. Kim bilir hangi çocuğun elinden kaçmıştı. Bulutların arasından geçtiler. Yükseldikçe yükseldiler. İleride bir uçak gördüler. İçindeki iki pilot, burunlarını pencereye yapıştırmış, dehşet içinde Sakız Sardunya'ya bakıyordu. O da gülümseyerek el salladı. Bu iki pilot gördüklerini kimseye anlatamayacaktı. Anlatsalar kimse onlara inanmazdı ki!

Nihayet okyanusun ortasında kocaman bir kara parçasına yaklaştılar. Sakız Sardunya heyecanla gülümsedi. Burası sihirli kürenin üzerinde gördüğü o ilginç kıta gibiydi! Gerçekten de uzaktan bakınca açık bir kitaba benziyordu. İçinde nehirler, dağlar, vadiler göze çarpıyordu. Ama tuhaf bir şey fark etti: Çoğu yer yemyeşil bitki örtüsüyle kaplıyken bazı alanlar kupkuruydu. Orada renkler solmuştu.

"Görüyor musun? Kuraklık başladı," dedi Zeliş üzüntüyle. "Giderek her yere yayılıyor."

Üç kez el çırpınca alçalmaya başladılar. Sonunda atlar tek tek yere indi.

"Burası benim ülkemin girişi," dedi Zeliş gözleri ışıl ışıl. "Buraya Seçenekler Ormanı deriz."

Seçenekler Ormanı yaşlı ağaçlarla doluydu. Yerlerde kurumuş, sararmış yapraklar yumuşacık bir halı gibi uzanıyordu.

"Bundan sonrasını yürü-rü-memiz gerek," dedi Asutay. "Başkentimiz Alfabestan'a kes-kestirme bir yol var."

"Harika," dedi Sakız Sardunya. Hemen attan aşağı indi. "Yürüyelim."

Atları yularlarından çekerek ormana girdiler. Serin bir rüzgâr yüzlerini yaladı. Ağaçlar hem çok, hem yüksek olduğu için buraya güneş ışığı gelemiyordu. İçerisi karanlıktı.

Birden Zeliş durdu. "Olamaz."

"Ne oldu?" diye sordu diğer ikisi.

Zeliş bileziğini gösterdi. Parıltısı sönmeye başlamış, içindeki harita silikleşmişti. "Birisi küreyi fark etmiş olmalı," dedi. "Raftan almışlar. Kitaplardan uzaklaşınca ışığı kayboluyor."

"Eyvah, ne ya-ya...yapacağız?" dedi Asutay.

"Onu sonra düşünürüz. Şimdi ilerlemek zorundayız," dedi Sakız Sardunya.

Zeliş kaşlarını kaldırdı. "Kürenin yardımı olmadan kayboluruz."

"Nasıl yani? Yolu bilmiyor musunuz?" dedi Sakız Sardunya.

"Hayır, şimdiye dek biz hep küre sayesinde gidip geldik. Kendi başımıza yolu bulamayız," dedi Zeliş. "Onun gönderdiği sinyallerle harita canlanır. Biz de buna göre yürürüz. Ama şimdi..." Üzüntüyle bileziğine baktı. Işığı tamamen sönmüştü.

"Eminim kendimiz yolu bulabiliriz," dedi Sakız Sardunya arkadaşlarına moral vermek için.

Ne tarafa gideceklerini kestiremeden ilerlediler. Ormanın derinlerinden, bilmedikleri hayvanların sesleri geliyordu. Sanki binlerce göz vardı karanlığın içinden onları izleyen.

* * *

Uzun bir süre yürüdüler. Yoruldular. İleride katmerli, kırmızı bir gül dikkatlerini çekti.

"Hayatımda hiç bu kadar büyük gül görmedim," dedi Sakız Sardunya. "Gerçek mi bu?"

"Kokusuna baksana," dedi Zeliş.

Ortalıkta harika bir gül kokusu vardı. Yaklaşınca gördüler ki çiçeğin her bir yaprağının üzerinde ayrı bir harf mücevher gibi ışıldıyordu.

Gözlerinin önünde birkaç gül yaprağı koptu, yere düştü. Birinde K, birinde U, birinde Ş harfleri vardı. Bu harfler bir araya gelir gelmez muhteşem güzellikte bir kuş havalandı.

Sakız Sardunya heyecanla atıldı. "Şuna bakın!"

Az sonra bir T harfi düştü. Hemen ardından iki tane "İ" harfi, bir "L", bir "K". Anında bir tilki belirdi. Hızla koşarak yanlarından geçti gitti.

"Bu çiçek sihirli olmalı!" dedi Sakız Sardunya. "Harfler yan yana gelince hangi kelime yazıyorsa o gerçek oluyor, baksanıza."

"A ha!" dedi Asutay. "Bir fikrim var."

Yere düşen yapraklar arasından istediği harfleri seçti. Bunları dikkatlice dizdi. Ortaya "çikolata" yazısı çıkmıştı. Birdenbire kocaman bir çikolata belirdi. Çocuklar neşeyle el çırptılar.

"Şimdi de dondurma yazalım," dedi Zeliş.

Peşpeşe "dondurma", "gofret", "pasta" ve "bisküvi" yazdılar. Bunların hepsi gerçek oldu. Oturup tamamını bir güzel yediler.

Asutay gülümseyerek şişkin karnına pat pat vurdu. "Doydum."

"Atları da besleyelim," dedi Sakız Sardunya.

Sırayla "saman", "elma", "arpa" ve "kuru üzüm" yazdılar. Kanatlı atlar önlerine konan yiyecekleri görünce sevinçle kişnedi.

"Bu gülü keş...ke kopartıp yanımızda götüre... bilsek. Hayat-ta her istediğimizi elde ede... biliriz," dedi Asutay.

"Benim bir sorum var," dedi Sakız Sardunya. "Harflerle lezzetli yiyecekler yazmak güzel. Ama kötü şeyler de yazılabilir. O zaman ne olacak?"

Tam o sırada bir gürültü koptu. Onlar konuşurken çiçekten dört yaprak daha düşmüştü. Bunların üzerinde C, A, D ve I harfleri vardı.

Birdenbire bir cadı çıktı ortaya. Baştan ayağa simsiyah giyinmişti; saçları kirli ve yağlıydı ve o kadar uzundu ki yerlere değiyordu.

"Bak sen, neler görüyorum," dedi cadı. "Davetsiz misafirler!"

"Biz de gitmek üzereydik," dedi Zeliş.

Cadı kaşlarını çattı. "Buradan öteye gidemezsiniz. İzin yok. Geri dönün!"

"Neden?"

"Çünkü siz çocuksunuz, ben de cadıyım. Demek ki size kötü davranmam gerek."

"Yani yapmak istemediğin bir şeyi sırf senden öyle beklendiği için yapacaksın, öyle mi?" dedi Sakız Sardunya.

Cadının aklı karışmıştı. Biraz düşündükten sonra başını salladı. "Evet!"

"Çok saçma," dedi Sakız Sardunya. "Cadı da olsan değişebilirsin. Eğer gerçekten istersen, nazik biri olabilirsin."

"Nazik mi? Ben mi? Nazik olursam kendim olamam; cadılar kötüdür."

"Sırf diğer cadılar fena diye sen de öyle olmak zorunda değilsin," dedi Sakız Sardunya. "Sen farklı birisin. Senin ayrı bir beynin, kişiliğin var."

Cadı şaşkın baktı; hiç böyle laflar duymamıştı. "Ben aslında kimseye kötülük yapmak istemiyorum. Sonra bütün çocuklar benden nefret ediyor. Hâlbuki ben sevilmek istiyorum. Cadı olmak çok zor."

"O zaman sen de fenalık yapmayı bırak," dedi Sakız Sardunya.

"Hmmm... Belki *minicik* bir kötülük yapabilirim," dedi cadı. "Seçenekler Ormanı'ndan geçmenize izin veriyorum ama size zorluk çıkartacağım. Önünüzde bir değil, dört yol olacak."

"Dört ayrı yol mu?" dedi Zeliş. Göz ucuyla bileziğine baktı. Harita olmadan nasıl ilerleyebilirlerdi ki?

"Evet, öyle. Toprak, su, ateş, hava. Şimdi söyleyin bakalım, hangi yolu seçiyorsunuz."

"Ama bu haksızlık," dedi Sakız Sardunya. "Bize ipucu vermen gerek."

Cadı güldü. "Hayatta her zaman ipuçları olmaz. Ama madem istiyorsun, işte sana ipucu: *Bu yollardan biri doğru, diğerleri yanlış.* Doğru yoldan giderseniz şıp diye varırsınız. Yanlış yoldan giderseniz, uğraştıkça uğraşırsınız."

Sakız Sardunya, Zeliş ve Asutay tartışmaya başladılar. Sakız Sardunya ateş yolunu istiyordu, Zeliş toprak, Asutay su. Bir türlü anlaşamadılar. Üç arkadaş neredeyse birbirlerine küsecekti.

"Kavga etmeyelim," dedi sonunda Sakız Sardunya. "Kimseye yararı yok. Ben vazgeçtim. Toprak ve su yolu için yazı tura atalım."

Diğerleri buna razı oldular. Tura gelirse toprak, yazı gelirse su olacaktı. Sakız Sardunya cebinden bir lira çıkardı, havaya attı.

"Tura!"

Zeliş kazanmıştı. Asutay surat astı ama bir şey demedi. Yola koyuldular.

Sakız Sardunya'nın içine bir şüphe düştü. Belki de karar vermekte acele etmişlerdi. Belki de biraz daha düşünmek gerekiyordu. Ya seçtikleri yol yanlışsa? Arkadaşlarına baktı. Onların da kaşları çatılmış, akılları karışmıştı.

Ama seçim yapılmıştı. Üç çocuk korka korka toprak yola yöneldiler.

Onları acaba neler bekliyordu?

Toprak

Toprak yol, yılan gibi kıvrılarak uzuyordu. Zeliş atları yularlarından çekerek önden yürüyordu. Asutay ile Sakız Sardunya arkadan geliyorlardı.

Papatyalarla dolu bir tarladan geçtiler. O kadar güzeldi ki Sakız Sardunya neşeyle ellerini çırptı. Herkes her gün doğada yürüse çok daha mutlu olurdu. Şehir hayatında insanlar toprak kokusunu unutuyordu. Sekizinci kıtada kimse doğayı kirletmemişti. Etrafta ne boş kutular, ne plastik şişeler vardı.

"Çevreyi ne kadar temiz tutmuşsunuz," dedi Sakız Sardunya gıptayla.

"Burası hepimizin evi," dedi Asutay. "Başka gidecek yerimiz yok. Burada herkes doğayı sever."

"Farkında mısın kekelemiyorsun," dedi Sakız Sardunya.

Asutay gülümsedi. "Güvendiğim insanların yanında daha az kekeliyorum. Endişelenince daha çok oluyor. Ya da yeni biriyle tanışınca. "

"Neden endişeleniyorsun ki?" diye sordu Sakız Sardunya.

"Başkalarının bana gülmesini istemiyorum," dedi Asutay usulca.

Sakız Sardunya başını önüne eğdi. Demek Asutay da kendisi gibiydi. "Başkalarının senin hakkında ne düşündüğü o kadar önemli değil," dedi arkadaşına. "İnsanlar sana haksız yere gülebilir. Ama bu onların sorunu. Senin değil. Sen güçlü ve sakin olmalısın. O zaman hiçbir laf seni incitemez."

Bunları söylemesiyle duraklaması bir oldu. Daha önce kimseyle böyle konuşmamıştı. Bu sözleri sadece Asutay'a değil, sanki kendine de söylüyordu. Ona öğüt verirken aslında kendine öğüt veriyordu.

"Dediklerini yaparsam kimse beni sevmez. Yalnız kalırım," dedi Asutay.

"Niçin sevmesinler? Zaten önemli olan herkesin seni sevmesi değil ki," dedi Sakız Sardunya. "Önce sen kendini sevmelisin. Sen kendinle barışık olursan, arkadaşların çoğalır."

Tam o esnada Zeliş koşarak geldi. "Orada tuhaf bir köprü var."

Çocuklar dikkatle ilerlediler. Az ileride yeryüzü bıçakla kesilmiş gibi ikiye ayrılmıştı. Ortada derin bir kanyon açılmıştı. Bir yakadan bir yakaya bir köprü sallanıyordu. Uzun, ince bir asma köprü. Ne tahtadan, ne taştandı. Camdan yapılmıştı. Ürkütücü görünüyordu. Ve tam girişinde asık suratlı bir peri bekliyordu. Sakız Sardunya hayretle baktı. Okuduğu bütün masallarda periler nazik, tatlı ve sevimliydi. Bu peri, kitaplardakine benzemiyordu.

"Durun! Bu köprüden geçemezsiniz, yasak!" dedi peri.

"Ama nasıl olur?" dedi Zeliş.

"Yasak dedim," diye tersledi peri.

Sakız Sardunya aksi ve huysuz tiplerle tartışmamak gerektiğini biliyordu. Zekâsını kullanıp, başka bir soru sordu: "Peki şimdiye kadar kimse geçmedi mi?"

"Geçenler oldu," dedi peri. "Ama onlar sorularımı bildiler."

"Belki biz de biliriz," dedi Zeliş umutla.

"Hiç sanmam. Deneyelim madem," dedi peri. "Ama sizi uyarıyorum. Benim sorularım zordur."

Sakız Sardunya tedirgin oldu. Eğer coğrafya sorusu gelirse bilebilirdi. Ama ya matematik? Bunu düşünmesiyle perinin gözlerini ona dikmesi bir oldu.

"Matematik soracağım!"

Olamaz. Sanki peri zihnini okumuştu. Belki de hayatta endişelenmemek daha iyiydi. Sakız Sardunya bunu fark etmekte geç kalmıştı. Yakalanmıştı. Matematik sorusu geliyordu.

"Ben yapamam," dedi Sakız Sardunya.

"Denemedin ki? Nereden biliyorsun yapamayacağını?" dedi peri.

"Şey... matematikte iyi değilim. Aslında..."

"Aslında ne?"

"Sınıfın en kötüsüyüm," dedi Sakız Sardunya. Peri gülecekse gülsündü. Umurunda değildi, doğruyu söyleyecekti.

Ama peri gülmedi. "Matematikte iyi olmadığın için mi bu dersten korkuyorsun? Yoksa matematikten korktuğun için mi bu derste iyi değilsin?"

"Galiba ikisi de," dedi Sakız Sardunya. En kısa zamanda bu sözü defterine yazmaya karar verdi.

"O zaman dinle, sorum şu: Bir yıldızın kaç açısı var?"

Sakız Sardunya o kadar heyecanlandı ki soruyu yanıtlayamadı.

"Bilemediniz, ha ha!" diye alay etti peri. "Bir şans daha veriyorum. Şimdi konumuz fen bilimleri."

Sakız Sardunya hevesle baktı. Ama bu sefer peri ona sormadı. Asutay'a döndü. Çünkü onun en korktuğu konu buydu.

"Sen," dedi peri parmağıyla işaret ederek. "Sana soracağım. Hem de Efhima'yla ilgili olacak sorum."

"Be-be-be-n mi?" diye kekeledi Asutay.

"Merak etme," diye fısıldadı Sakız Sardunya. "Yapabilirsin."

"EFHİMA topraklarında en çok çıkan maden hangisidir ve nerede kullanılır?" diye sordu peri. Ardından da ekledi. "Sana bir ipucu da vereyim istersen: *Törpüler canlılar kuyruklarını. Ama bilirler ki acıtmaz canlarını.*"

Asutay o kadar heyecanlanmıştı ki ağlamaya başladı. İpucunu dinleyememişti bile. "Bil-bil-bilmiyorum."

Peri, kahkahalarla gülmeye başladı. "Çok basit. Tabii ki diken taşı!"*

"Son bir şans istiyoruz," dedi Sakız Sardunya.

"Pekâlâ, bunu da bilemezseniz kaybettiniz demektir. Geri dönmek zorundasınız."

Sakız Sardunya kollarını arkadaşlarının omuzlarına attı ve fısıldadı: "Ben bu perinin zihnini çözdüm. Korkularımızı okuyor. Biz kendimize ne kadar güvenirsek sorular o kadar kolay olacak. Biz endişelendikçe sorular zorlaşıyor."

"Anladım," dedi Zeliş.

Periye seslendiler: "Hazırız!" Üçünün de yüzünde kararlı bir ifade vardı. Kimse titremiyordu.

"Çok çabuk kırılır, oysa ne seramik, ne camdır. Yine de kırık halini göremez gözler. Bil bakalım bu nedir?"

Sakız Sardunya söz aldı. "Gayet basit."

* Efhima'da, özellikle ejderhaların yaşadığı dağlık bölgelerde çıkan diken taşı, sivri uçlu ve sert bir madendir. Canlıların, kuyruklarını törpülemeye, bazen de kaşınmalarına yarayan bu taşın bir diğer özelliği de yağmur yağdığında eriyip şeker kütlesine dönüşmesidir.

"Hadi canım, nasıl olsa bilemeyeceksiniz," dedi peri.

Çocuklar gülümseyerek birbirlerine baktılar. Üçü de doğru cevabı biliyordu. Hep bir ağızdan yanıtladılar: "Kalp!"

Peri bunu duyunca bozuldu. "Pekâlâ," dedi isteksizce kenara çekilerek. "Geçin bakalım!"

Ormandan çıktıklarında yürüyüşleri değişmişti.

"Demek endişelenmediğimiz zaman daha başarılı oluyoruz," dedi Asutay.

"Evet," dedi Sakız Sardunya. Defterini çıkarıp, bu sözü de not etti. Sonra gülümsedi. "Aklıma bir fikir geldi. Sen sevdiğin insanların yanında daha az kekeliyorsun ya..."

"Evet?"

"O zaman yanında hep bir dostunla dolaş."

"Ama nasıl? Her zaman bir arkadaş bulamam ki."

"Bulabilirsin. Hem de senden hiç ayrılmayacak bir dost."

"Kimmiş o?" dedi Asutay hayretle.

"Kendin tabii! Seni her zaman anlayacak biri var içinde."

* * *

Az sonra sapsarı papatyalarla dolu bir tarlaya vardılar. "Burası tanıdık," dedi Sakız Sardunya.

"Eyvah başa döndük!" dedi Zeliş.

Evet, toprak yol yılan gibiydi ama kuyruğunu yutan bir yılan gibi. Bir çember çizip, aynı noktaya gelmişlerdi. İleride bir de ne görsünler! Cadı onları bekliyordu. Üstelik sırıtıyordu!

Zeliş kızdı. "Toprak yolu seçersek başa döneceğimizi niçin söylemedin? Bak aynı yere geldik!"

"Aynı değil ki," dedi cadı. "Yeni şeyler öğrendiniz. Biraz daha değiştiniz. Farklı insanlarsınız artık."

Ama çocuklar o kadar bozulmuşlardı ki dinlemediler.

"Ben size demiştim. Suyu seçmeliydik," diye sızlandı Asutay.

"O zaman geri dönelim," dedi Sakız Sardunya. "Doğru seçenek su olmalı."

Tekrar yola düştüler.

Su

Yorulmuş, acıkmışlardı. Nehrin kıyısında mola verdiler. Su tertemizdi. Avuç avuç içtiler. Başlarını kaldırıp çağlayan nehre baktılar. Önlerinden bir balık sürüsü geçti. Yüzlerce balık panikle yüzüyordu. Sanki bir şeyden kaçıyorlardı.

"Neler oluyor?" dedi Sakız Sardunya.

O bunu sorar sormaz bir somon balığı sıçradı, konuşmaya başladı. Çocuklar şaşkınlıkla baktılar.

"Niye şaşırıyorsunuz, masallarda balıklar konuşmaz mi?"

"Onlar masal," dedi Sakız Sardunya.

"Masal deyip geçme! Aslında balıklar hep konuşur. Ağzımızı açıp kapamamız bu yüzden. Biz konuşuyoruz ama siz duymuyorsunuz."

Sakız Sardunya defterini çıkarıp bu sözü not etti: *Bazen birinin ne dediğini bilmiyorsan, o konuşmadığı için değil, sen duymadığın içindir.*

"Neden kaçıyorsunuz?" diye sordu Asutay.

"Nehirler hızla kuruyor, sular çekiliyor," dedi balık. "Eskiden özgürce yüzdüğümüz dereler artık yok. Biz de suyun berrak olduğu yerlere gidiyoruz. Ama yakında oralar da kuruyacak. Hayatımız tehlikede!"

"Memleketimizin dengesi bozuldu," dedi Zeliş üzüntüyle. "Topladığımız fikirleri bir an evvel başkentimiz Alfabestan'a ulaştırmalıyız."

"Ama nasıl karşıya ge-geçeceğiz?" dedi Asutay.

Nehrin ne kadar geniş, uzun ve derin olduğunu ancak o zaman fark ettiler.

"Su yolunu geçmek için birkaç şart var," dedi somon balığı. "Önce sorularımı bilmelisiniz. Söyleyin bakalım: Bir bardak suya bakınca renksiz olduğunu görürsünüz. Peki ama denizler neden mavidir?"

"Ben biliyorum. Güneşten yayılan ışıklarla ilgili," dedi Sakız Sardunya hemen. "Denizdeki moleküller güneş ışınlarının kırmızı tonlarını emer, mavi tonlarını yansıtır."

"Aferin sana," dedi balık. "Görüyorum ki fen bilimlerinde iyisin. Peki bir de kendi dünyamızdan bir soru sorayım. En uzun ve önemli nehrimiz hangisidir? İşte bir de ipucu: *İsmini alır bir canlıdan, kıvrılarak gider sağdan soldan."*

"Bu soru çok basit!" diye atıldı Sakız Sardunya. Efhima Ülkesi'ne yeni adım atmış olsa bile gözlem gücüne ve sezgilerine inanıyordu. En uzun nehrin, şu ana dek karşılaştıkları bu nehir olduğunu tahmin ediyordu ve burada somonlar yaşıyordu. "Somon Nehri!"* diye fikir yürüttü.

Balık şaşırmıştı. "Evet, doğru bildin!" dedi. "Peki ya sporda ne kadar başarılısın? Benimle yüzme yarışı yapabilir misin?"

---

* Efhima'daki Somon Nehri, 7.380 km uzunluğu ile dünyanın en uzun nehridir. İsmini somon balıklarından almasının sebebi suyunun turuncu renkte olmasıdır.

Sakız Sardunya başını eğdi. Sporda hiçbir zaman iddialı olmamıştı. "Asla seni geçemem," dedi.

"Olsun. Bazen sırf yarışmak için yarışmak güzeldir. Hatta kazanmak bile yarışmak kadar eğlenceli değildir. Var mısın?"

Sakız Sardunya bocaladı. İnsan bir yarışa girerse illa ki kazanmak isterdi. Kaybedeceğini bile bile yarışmanın neresi eğlenceli olabilirdi?

"Ben yokum," dedi Sakız Sardunya. Ama bunu der demez pişman oldu. Hata yaptığını anladı. Belki de önemli olan kazanmak değil, yarışmaktı. Aslolan başarmak değil, gerçekten denemekti. Uğraşmaktı.

"Ben ya-ya...yaparım, ga-galiba," dedi Asutay çekinerek.

Aralarında en iyi yüzen oydu. Balıkla onun yarışmasına karar verdiler.

Az sonra Asutay gergin bir ifadeyle suya atladı. Bir süre rakibiyle başa baş gitti. Ama balık kısa zamanda öne geçti ve yarışı açık farkla birinci tamamladı.

Karaya çıktığında Asutay'ın suratı daha da asılmış, kıvırcık ve kabarık saçları inmişti. Her tarafından sular damlıyordu. Dertli dertli iç çekti. "Ya bu su yolu pek zormuş. Hiç seçmemeliydik. Burası bizi çok uğraştıracak. "

"Bence de. Bu yolun başlangıcı böyleyse kim bilir devamı ne zordur," dedi Zeliş. "Vazgeçelim, geri dönelim."

Somon balığı yanlarına kadar yüzdü. "Pes etmeyin, yanlış yapıyorsunuz. Yola devam edin. Daha ilk yenilgide vazgeçerseniz, hiç ilerleyemezsiniz. İnsan hemen moralini bozmamalı. Daha çok çalışmalı."

Ama çocuklar onu dinlemediler. Suyun zorlukları gözlerini korkutmuştu.

"Kestirme yol ateş olmalı," dedi Sakız Sardunya. "Ben size demiştim. Eminim o daha kolaydır."

Seçenekler Ormanı'na geri döndüler. Bu sefer ateş yolunu seçtiler.

Doğru yol o olmalıydı. Ama ya değilse?

Ateş

Ateş yoluna girdikleri andan itibaren sıcaklık hızla artmaya başladı.

"Of terledim," dedi Sakız Sardunya.

"Burası ne kadar sıcak!" dedi Asutay.

Ceketlerini çıkardılar. Yürüdükçe bunaldılar. Bir süre bu şekilde gittikten sonra ateş böcekleri gördüler. Bir tanesi yanlarına geldi.

"Neden ışıldamıyorsun?" dedi Zeliş.

"Aslında ışıldıyoruz ama siz göremiyorsunuz.

Geceyi bekleyin. Bizim güzelliğimiz karanlıkta belli olur."

"Böyle de güzelsiniz," dedi Sakız Sardunya.

"Teşekkür ederim, çok nazik bir devsin."

"Dev mi?" dedi Sakız Sardunya. "Ben dev değilim."

"Sana göre öyle. Bana göre her biriniz dev gibisiniz."

Sakız Sardunya şaşırmıştı. Şimdiye değin kendini hiç dev olarak düşünmemişti. Bunu da defterine not etti. "*Bakan göze göre her şey değişmekte. Kimine dev görünen, ötekine cüce.*"

Yürümeye devam ettiler. Efsaneler, Hikâyeler ve Masallar Ülkesi EFHİMA'nın içlerine doğru girdikçe derelerin kuruduğunu, toprağın susuzluktan çatladığını gördüler. Bazı yerlerde derin, karanlık çukurlar açılmıştı. Doğanın geçirdiği değişime tanık olmak ürkütücüydü.

"Kuruyoruz," dedi Zeliş ağlamaklı. "Memleketimiz yok oluyor."

Sakız Sardunya gördükleri karşısında etkilenmiş, üzülmüştü. "Kimse bilmiyor," dedi. "Okula dönünce herkese anlatmalıyım. Bizler hayal kurmayınca sekizinci kıtanın yok olduğunu söylemeliyim."

"Ya sana inanmazlarsa?" dedi Asutay endişeyle.

"Olsun," dedi Sakız Sardunya. "Bana inanan birkaç kişi çıksa bile yeter. Başkaları da katılır belki."

Sıcaktan bunalmışlardı. İleride bir tezgâh gördüler. Üzerinde bir sürahi buz gibi limonata ve közlenmiş mısırlar diziliydi. Tezgâhın başında bir ejderha bekliyordu.

"Merhaba," dedi Sakız Sardunya. "Hiç limonata satan ejderha görmemiştim."

"Ne yapabilirim? İşsiz kaldım," dedi ejderha.

"Ama neden?"

"Biz ejderhalar öteden beri masallarda çalıştık. Kahramanlara eşlik ettik. Onlarla birlikte ilginç serüvenler yaşadık. Babam da bu mesleği yaptı, dedem de, büyük-büyük-dedelerim de. Fakat şimdilerde her şey değişti. Masallar olmazsa nasıl iş bulabiliriz? Düşünsene, benim gibi bir ejderha başka ne yapabilir? Ben de limonata satarak geçinmeye çalışıyorum."

Çocuklar ejderhaya sempatiyle baktılar. Ama o ters ters konuştu: "Buradan geçecekseniz limonata almak zorundasınız."

"Pa-ra-ra paramız yok," diye sızlandı Asutay.

"O zaman ben de size ateşle ilgili bir soru sorarım. Söyleyin bakalım: Yer kabuğunun altındaki katmana ne isim verilir?"

"Ateş küre!" dedi Sakız Sardunya hemen. "Buradaki magma yüzeye çıktığında yanardağ püskürmesi olur."

"Bravo," dedi ejderha. "Bakıyorum da pek bilgilisin. O zaman başka bir soru sorayım: Efhima'daki en yüksek dağ hangisidir? İpucu ister misiniz? *Her gün değiştirir rengini. Bir gün sarı, bir gün yeşil, bir gün mavi."*

Sakız Sardunya çevresinde gördüklerini hatırlamaya çalışırken Zeliş cevap verdi. "Tabii ki Gökkuşağı Dağı!"* Zeliş'in en büyük hayallerinden biri, dağ maviyken bir gün ona tırmanmaktı.

Ejderha bozuntuya vermeden bir soru daha ortaya attı. "Peki ya ellerinizi yakmadan mısır pişirebilir misiniz?"

Çocuklar birbirlerine baktılar. Bundan kolay ne olabilirdi ki? Hep bir ağızdan bağırdılar. "Tabii!"

"Zamana karşı yarışmalısınız. Şu tepeyi aşmak için sadece bir saatiniz var," dedi ejderha ve yan tarafta sarı bir yeri işaret etti.

Çocuklar dikkatlice bakınca gördüler ki tepe değil, üst üste dizilmiş mısırlardan oluşan koca bir yığındı. Nereden baksan yüzlerce, belki binlerce mısır vardı. Bunların tamamını soyup, temizleyip pişirmek saatlerini alırdı. Gözleri korktu.

---

* Efhima'daki dağlar çok yüksek olmadığından en yüksek dağı, Gökkuşağı Dağı'dır ve yüksekliği 1430 metredir.

"Keşke bu patikayı seçmeseydik," dedi Sakız Sardunya.

"Ateş seçeneği pek zormuş," dedi Zeliş. "Geri gidelim. En iyi yol henüz denemediğimiz olmalı."

"Yani hava," dedi Asutay.

"Gitmeyin," dedi ejderha. "Hata yapıyorsunuz. İlk zorlukta pes ederseniz hiç ilerleyemezsiniz. Hayatta zor olmayan hiçbir şey yok!"

Ama onu dinlemediler. Seçenekler Ormanı'na geri döndüler. Dört ihtimalden üçünü denemişlerdi.

Şimdi sıra hava yolundaydı.

Artık bu sefer doğru seçeneği bulduklarına emindiler.

Dördüncü patika sakin görünüyordu. Hafif bir meltem onlara eşlik etti. Az ileride karşılarına değirmenler çıktı. Üzerlerinde kuşlar uçuyordu. Bir tanesi dikkat çekiciydi. Gagası altın gibi parlıyordu.

"Sen de kimsin?" dedi Sakız Sardunya.

"Adım Umay. Kaf Dağı'nın ardından geliyorum."

"O yer gerçek değil, sadece masallarda var," diye atıldı Sakız Sardunya.

"Masal deyip geçme," dedi kuş. Tıpkı daha evvel somon balığının dediği gibi.

"Peki ne yaparsın Kaf Dağı'nda? Niye oradasın?"

"Benim gibi kuş yeryüzünde pek yok. Herkes bana garip garip bakıyor. Arkamdan fısıldaşıyorlar. Bazen taş atıp, alay ediyorlar."

"Ama neden?"

"Çünkü farklıyım. Sırf bu yüzden yalnızım."

Sakız Sardunya'nın gözleri parladı. "Ben de senin gibiyim," dedi.

"Yok canım, ne rengârenk kanatların var, ne de altın gagan."

"Belki tüylerim ya da gagam yok ama insanın kendini yalnız hissetmesi nasıl bir his biliyorum. İsmim o kadar tuhaf ki okulda diğer öğrenciler benimle hep dalga geçiyorlar. O yüzden seni anlıyorum."

"Öyleyse binin sırtıma, sizi buradan çıkarayım," dedi Umay.

Havalandılar. Az ileride başka kuşlar gördüler.

"Kim bunlar?" diye sordu Sakız Sardunya.

"Onlar da bizim gibi," dedi Umay. "Kimisi şu, kimisi bu sebepten kendini dışlanmış hissediyor."

"Akbaba mı şunlar?"

"Evet, herkes onlardan nefret ediyor. Çirkin diyorlar. İnsanlar ne tuhaf. Bazı kuşları seviyor, bazılarından iğreniyorlar. Hâlbuki hepsi bir. Hepsinin doğada yeri var. Ama insanlar öyle düşünmüyor. Kanaryaları beğeniyor, bülbüllere bayılıyorlar. Oysa akbabaları kimse istemiyor."

"Peki ya şunlar? Baykuş değil mi?"

"Baykuş ya. Onlara da uğursuz diyorlar."

"Aaa bak, oradakiler de kargalar."

"Herkes onları kovalıyor."

"Bütün bu kuşlar Kaf Dağı'nda mı yaşıyor?"

"Evet," dedi Umay. "Burada istenmeyen kuşların orada yuvaları var. Adına Yalnız Kuşlar Bahçesi diyorlar."

"Yalnız Kuşlar Bahçesi..." diye tekrarladı Sakız Sardunya. Bu laf çok hoşuna gitmişti.

O zaman anladı ki sadece çocuklar değil; kuşlar, balıklar, ejderhalar, hatta cadılar bile zaman zaman kendilerini yalnız hissediyordu. Herkesin hayatı kendine göre zordu ve herkesin bir hikâyesi vardı.

Anladı ki Sakız Sardunya hayatta kolay yol diye bir şey yoktu. Hangi yolu seçerlerse seçsinler, karşılarına daima engeller ve engebeler çıkacaktı. Evet, her patikanın kendine göre sınavları vardı. Bu aslında o kadar kötü bir şey değildi. Önemli olan yapabileceğinin en iyisini yapmaktı. Üstelik her zaman kazanmak gerekmiyordu. İnsan kaybederken de çok şey öğreniyordu. Ve eğer öğrenmek bir kazanımsa, demek ki insan kaybederken de kazanıyordu.

Evet, her yenilgi bir kazanımdı aslında.

Arkadaşlarına döndü. "Yeter, artık o yol mu bu yol mu diye şüphe etmeyelim. Boş yere kendimizi tüketiyoruz. Kararlı bir şekilde devam edelim."

Zeliş ve Asutay ona hak verdiler. Çeşit çeşit kuşlarla konuşarak ilerlediler.

Yol boyunca yüz tane rüzgârgülü onarmaları, kuyruğu birbirine dolaşmış bin uçurtmayı tek tek açmaları ve yerlerden on binlerce kuş tüyü toplamaları gerekti. Yılmadılar. Hepsini yaptılar.

Belki de hava yolu en zoruydu. Ama bu sefer pes etmediler.

Saatler sonra nihayet Alfabestan uzakta göründü. Zeliş ve Asutay sevinçle el çırptılar. Fakat tam o sırada hava yolu onlara son bir oyun oynadı. Ani ve ters bir rüzgâr esti. Yanlarında taşıdıkları çuvalları bir arada tutan ipleri kopardı. Zeliş'in elleriyle tek tek toplayıp heybelere ve çuvallara doldurduğu fikirler, ortaya döküldü. Rüzgârla beraber dört bir yana saçıldı.

"Olamaz!" diye haykırdı Zeliş.

Hemen yere indiler. Dağılan fikirleri toplamaya çalıştılar. Ama kimisi ağaçlara takılmış, kimisi uçurum diplerine düşmüş, kimisi çatılarda kalmıştı. En fazla bir avuç fikir toplayabildiler. Onların da yarısı kırılmıştı.

Zeliş ağlamaya başladı. "Mahvolduk!"

Sakız Sardunya arkadaşlarına sarıldı. "Ne olur üzülmeyin."

"Nasıl üzülmeyelim. Bütün yaratıcı fikirler yok oldu. Korkunç bir şey!"

"Evet, ama yaratıcılığın kaynağı sizde," dedi Sakız Sardunya.

Zeliş içini çekti.

"Gidip başka yerlerden fikir toplamaya gerek yok," dedi Sakız Sardunya. "En güzel fikirleri siz bulabilirsiniz."

"Hiç yap-yap-madık, biz ya-ya-ra-ra-tı-cı değil-ğil-iz," dedi Asutay. Endişelenince gene kekelemeye başlamıştı.

"Şehirdeki bütün çocuklara kâğıt kalem verin," dedi Sakız Sardunya. "Onları özgür bırakın. 'Sen çocuksun yapamazsın, sen çocuksun anlamazsın' demeyin. Anlatın. Konuşun. Yüreklendirin. 'Yapabilirsin,' deyin. Cesaretlendirin. Hikâye anlatmaya, masal uydurmaya, şiir yazmaya, resim yapmaya teşvik edin. Eminim harika fikirler bulacaklar."

Zeliş ve Asutay birbirlerine baktılar. Tam olarak ikna olmamışlardı ama yapacak bir şey yoktu. Denemeye karar verdiler.

Alfabestan şehrinin en büyük meydanında binlerce çocuk toplandı. Her birinin önünde defterler, kalemler, silgiler ve boya kalemleri vardı.

Şehrin belediye başkanı kürsüden bir konuşma yaptı: "Sevgili çocuklar, bildiğiniz gibi ulusal bir felaket yaşıyoruz. Yurt dışından binbir zorlukla getirdiğimiz yaratıcı fikirler kayboldu."

Kalabalıktan üzgün sesler yükseldi.

"Ama moralimizi bozmayacağız. Pes etmeyeceğiz. Dostumuz Sakız Sardunya bize cesaret verdi. Siz çocuklar dilediğiniz gibi yazın, çizin, boyayın. Resimler ve kelimelerle hikâyeler geliştirin. Şiirler, şarkı sözleri, bilmeceler, fıkralar yazın. Sizin yaratıcılığınız sayesinde sekizinci kıta yeniden canlanacak. Buna inanıyorum."

Çocukların kimisi kıkırdayarak, kimisi büyük bir ciddiyetle işe koyuldu. İlk kez Efima'da yepyeni fikirler üretilmişti. Akşam olmadan yüzlerce hikâye, masal, şiir ve bilmece yazılmıştı. Zeliş, Asutay ve Sakız Sardunya onlara yardım ettiler. Onlar çalıştıkça dereler damla damla dolmaya, kuruyan ağaçlar canlanmaya başladı. Gerçi değişim çok yavaştı. Ama umut vericiydi.

"Sen olmasan bunların hiçbirini yapamazdık," dedi Zeliş. "Hiç yılmadın. Harika bir yol arkadaşıydın. Sana teşekkür ediyoruz."

"Her şeyi kendiniz yaptınız," dedi Sakız Sardunya. "Ben sadece destek oldum. Sayenizde ben de çok şey öğrendim."

Duygulanmışlardı. Ayrılma zamanı gelmişti. Sakız Sardunya, Asutay ve Zeliş gözleri dolu dolu birbirlerine sarıldılar.

"Olamaz!" dedi Sakız Sardunya. Anneannesini hatırlamıştı. Ne kadar geç kalmıştı. Ya Kiraz Hanım onu aramaya çıktıysa? Yaşlı kadını üzmek en son istediği şeydi.

"Misafirler gitmeden eve dönmüş olmalıyım," dedi telaşla.

"Merak etme," dedi Zeliş. "Sana ülkedeki en hızlı atı vereceğiz. Yanında da sihirli bir küre ve bilezik! Tıpkı bizimkiler gibi! Onlar sayesinde her yere göz açıp kapayıncaya kadar gidebilirsin. Sadece unutma, şarj olması için küreni kitapların arasında saklaman gerekiyor."

Sakız Sardunya gülümsedi. Cadıları, balıkları, ejderhalarıyla sekizinci kıtayı özleyecekti.

Saatin Tik Takları

Şirindiyar Kasabası'nın üzerinden şimşek hızıyla bir atın gölgesi geçti.

"Önce bir yere uğramam gerek," dedi Sakız Sardunya ve üç kez el çırptı.

Uçan at başıyla onayladı. Usulca alçaldılar.

Sakız Sardunya, Gökkuşağı Kırtasiye'den içeri girdi. Heyecanlıydı. Sihirli küreye ne olduğunu merak ediyordu.

Kitapçı Nazım Bey oturmuş kitap okuyordu.

Onu görünce şaşırdı.

“Merhaba,” dedi Sakız Sardunya. “Beni tanıdınız mı? Daha önce uğramıştım.”

“Tanıdım tabii,” dedi Nazım Bey. “Hem kitap sordunuz, hem de beklemeden gittiniz.”

Sakız Sardunya kulaklarına inanamadı. “Siz benim arkadaşlarımı gördünüz mü?”

“Belki gördüm, belki görmedim,” dedi Nazım Bey bilmece gibi.

“Şey, o gün burada bir küre unutmuşum... unutmuşuz. Acaba buldunuz mu? Şu raflardan birindeydi...”

Nazım Bey bir an cevap vermedi. Elindeki kitabı kapatıp kenara koydu. Okuma gözlüklerini çıkardı. “Küre... evet,” dedi gizemli bir şekilde.

“Geri alabilir miyim?”

“Ne yazık ki hayır.”

Sakız Sardunya’nın yüzü gölgelendi. Bu yanıta bir anlam verememişti.

“Küreyi ben değil, oğlum buldu,” diye açıkladı Nazım Bey. “O benim gibi değildir. Okumayı sevmez. Ben bulsaydım kitapların yanından ayırmazdım. Dönüp almanızı beklerdim.”

"Peki oğlunuz ne yaptı?"

Nazım Bey başını önüne eğdi. "Nişanlısı Deniz'e hediye etmiş."

"Eyvah. O zaman küre kayboldu," dedi Sakız Sardunya endişeyle.

"Belli olmaz. Deniz akıllı kızdır, okumayı pek sever. Benim haylaz oğlan gibi değildir. Efsaneler, Hikâyeler ve Masallar Ülkesi'ni keşfedebilir. "

Sakız Sardunya irkildi. "Ama nasıl? Nereden biliyorsunuz?"

Nazım Bey babacan bir tavırla gülümsedi. "Bak sana bir hikâye anlatayım. Yıllar önce bu kasabada kitapları çok seven bir oğlan yaşarmış. Etrafındaki kimse onun gibi okumaya düşkün değilmiş. Anne babası, arkadaşları, akrabaları... Hiçbiri onun bu tutkusunu anlamazmış."

Sakız Sardunya merakla dinliyordu.

"Babası oğlanın kitap sevgisini desteklememiş. 'Yeter artık, elinde kitap görmek istemiyorum. Sana okumayı yasaklıyorum,' demiş. Oğlan tarlada çalışmaya başlamış. Ama aklı fikri kitaplardaymış. Bir sabah toprağı sürerken bir küre bulmuş. Üzerinde taşlar varmış. Alıp eve getirmiş.

Orada, kitapların yanında kürenin canlandığını fark etmiş. Heyecanlanmış. Küre ona bir şey söylüyormuş. Bir başka diyarın var olduğunu anlatıyormuş. Oğlan büyümüş. Askerliğini yaptıktan sonra memleketine dönmüş. Bir kitapçı-kırtasiye dükkânı açmış."

Sakız Sardunya soluğunu tuttu. "O oğlan siz miydiniz?"

Nazım Bey başını salladı. "Bendim ya."

"Peki bulduğunuz küre nerede?"

O zaman Nazım Bey yanındaki çekmeceyi açtı, içinden bir nesne çıkardı. Sakız Sardunya gözlerine inanamadı. Kendi küresine çok benziyordu. Sadece daha eski ve daha solgundu.

"Senin olsun," dedi Nazım Bey. "Benim zaten bileziğim yok. Bu küre sana uygun."

"Ama benim kürem var."

"Öyle mi? Olsun. Belki günün birinde birine hediye edersin. Senin gibi çok okuyan, çok soru soran başka çocuklar da var."

"Evet, ama..."

"Lütfen al. Ben artık yaşlandım. Sana benden daha fazla yakışır," dedi Nazım Bey.

"Teşekkür ederim efendim..."

"Unutma, kitapseverler her yerde. Zengin fakir, köylü şehirli, kadın erkek, genç yaşlı fark etmez. Onları hemen tanırsın. Biraz içe kapanıktırlar. Hayal güçleri geniştir. Etraflarındaki insanlar onları her zaman anlayamaz. O yüzden biraz yalnızdırlar. En güzel hikâyeleri onlar anlatır. Bu insanların bir ortak noktası var: Çoğu sihirli küreyi ya bulmuştur ya da bulacaktır. Tıpkı senin gibi..."

Tam o sırada içeri iki müşteri girdi. Bir anne ve oğlu el ele yürüdüler.

"Çizgili defter alacaktık," dedi kadın. "Bir de kalem seti."

"Elbette," dedi Nazım Bey. Kenarda duran Sakız Sardunya'ya göz kırptı.

Sakız Sardunya sessizce küreyi aldı ve dükkândan çıktı. Ayrılmadan önce yaşlı kitapçıya el sallamayı ihmal etmedi.

"Yolun açık olsun..." diye mırıldandı Nazım Bey arkasından.

Anneannesinin evine vardığında açık duran pencereden odasına döndü. Canikom koltuğun üzerinde uyukluyordu. Son komşular da gitmiş olmalıydı. İçeride sesler kesilmiş, garip bir sessizlik çökmüştü.

"Sakız Sardunya," diye seslendi Kiraz Hanım. "Evladım gelsene, gene bir kitaba mı daldın, neredesin? Niye cevap vermiyorsun?"

Koşarak salona gitti. Anneannesini divanda bezgin bir şekilde otururken buldu. Yaşlı kadın yorgun ayaklarını sehpaya uzatmıştı.

"Güzel geçti mi gününüz?" diye sordu Sakız Sardunya nazikçe.

"Aman ne yoruldum, mahvoldum! Gürültüden başım şişti, davul gibi oldu," dedi Kiraz Hanım.

"Ama doya doya sohbet ettik konu komşu. Nefis oldu. Ya sen neler yaptın?"

"Ben mi?" dedi Sakız Sardunya. "Benim de günüm iyi geçti." Gülümsedi. "Hatta çok iyi! Hiç bu kadar eğlenmemiştim."

Eve Dönüş

Bir hafta sonra akşama doğru Kiraz Hanım ile Kahraman Bey salonda oturmuş televizyon seyreder, Canikom koltukta kıvrılmış uyuklarken zil çaldı. Sakız Sardunya masada resim yapıyordu. Sekizinci kıtayı çiziyordu. Gördüklerinin resmini yapar ya da hikâyesini yazarsa hiçbir zaman unutmazdı.

Kapıyı açmak için koşturdu. Beş saniye sonra neşeyle çığlık attı. Karşısında anne babası duruyordu.

"Annecim! Babacım!"

Hayal Hanım ile Hasan Bey hasretle kızlarına sarıldılar. Sakız Sardunya babasına baktı. "İyi misin? Ameliyat nasıl geçti?"

Hasan Bey bir an şaşırsa da gülümseyerek yanıt verdi. "Biliyordun demek. Gayet iyi geçti, çok şükür."

Sakız Sardunya sevincinden havaya zıpladı.

"Sana söylemeliydik, affedersin," dedi Hayal Hanım. "Ama endişelenmeni istemedik."

"Biliyorum," dedi Sakız Sardunya.

Tüm aile geç saatlere kadar sohbet ettiler. O gece, her ne kadar artık büyümüş olsa da Sakız Sardunya anne babasına sarılarak uyudu. Tıpkı bebekken yaptığı gibi...

Ertesi sabah ayrılırken etrafa sevgiyle baktı. Bu küçük, sakin Anadolu kasabasında ne çok macera yaşamıştı. Bir an emin olamadı; acaba gördüklerinin ne kadarı hayal, ne kadarı gerçekti? Belki hepsi rüyaydı.

Okula gittiğinde bütün öğrenciler etrafını sardı.

"Neredeydin?" diye sordu biri.

“Anlatsana, neden yoktun?” diye sordu bir başkası.

Sakız Sardunya bir an durakladı. İçinden bir ses arkadaşlarının onu özlediğini söylüyordu. Ne tuhaf! Başka zamanlarda ona kötü davranan çocuklar bile onu gördükleri için sevinmiş gibiydi.

Anlatsa inanırlar mıydı? Sihirli bir ormanda, uçan atlar ve yepyeni arkadaşlarla gezdiğini; toprak, su, ateş ve hava, dört yoldan ilerleyerek maceradan maceraya atıldığını söylese ne düşünürlerdi? Gündelik hayat sıkıcı olabiliyordu ama hikâyeler ve hayaller âlemi eğlenceliydi. Burada on renk varsa, orada binbir renk vardı. Gündelik hayatta belki sıradan bir kızdı. Ama sekizinci kıtada o bir kahramandı.

Bütün bunları anlatsa, anlarlar mıydı?

Sınıftaki öğrencileri dikkatlice inceledi. Kimisi şişman, kimisi inceydi. Kimisi yalnız, kimisi mutsuzdu. Kiminin evde sorunları vardı, kiminin dersleri iyi değildi. Kimi kendini çirkin buluyor, kimi başkalarını kıskanıyor, kimi tırnaklarını kemiriyordu. Kimi doktor, kimi mimar olmak istiyordu. İçinden hepsine seslenmek geldi: “Kitaplarda hepimize yer var.”

* * *

Sakız Sardunya o hafta yeşili ve doğayı korumak için bir kampanya başlattı. EFHİMA Ülkesi nasıl insanlar hayal kurmayı bıraktığı için kuruyorsa, dünya da insanlar çevreyi ihmal ettiği için bozuluyordu.

İlk başta sadece bir iki öğrenci ilgi gösterdi. Ama zamanla başkaları katıldı. Sene sonunda neredeyse tüm öğrenciler ona destek veriyordu. Ve kampanya çığ gibi büyüdü. Okullar arası en başarılı çalışma seçildi.

Hâlâ ismiyle alay edenler oluyordu ama eskisine göre daha azdı. Onun tepki vermediğini, bozulmadığını görünce, en alaycı öğrenciler bile bu fena huylarından vazgeçmeye başladılar.

O sene Sakız Sardunya iyi bir karne getirdi. Matematik dersinden korkmayınca notları hızla düzeldi. Yeni dostlar edindi. Ve en önemlisi, kendini sevmeyi öğrendi. Zaman zaman gözleri sihirli kürelerine takılıyordu. Öbür kıtadaki arkadaşları acaba şimdi ne yapıyordu?

Olağanüstü yolculuğunu bir gün herkese anlatacaktı. Kararlıydı. Ama o an gelene kadar sır olarak saklıyordu. Sekizinci kıtayı henüz kimseye söylememişti. Biri dışında. Sevgili günlüğü...

Sevgili Koca Ağaç,

Efsaneler, Hikâyeler, Masallar Ülkesi'ni gezdikten sonra okula dönmek çok tuhaf bir duygu. Her şey farklı görünüyor gözüme. Çünkü ben değiştim. Yani değişmişim, farkında bile olmadan.

Eskiden üzüldüğüm şeylere üzülmüyorum. Eskiden kızdığım şakalara kızmıyorum. Biliyorum ki başka bir yer var. Buradan daha güzel bir diyar...

Derslerime çalışıyor, arkadaşlarımla daha çok zaman geçiriyor ve bol bol kitap okuyorum. Ben burada roman okudukça, hayaller kurdukça, hikâyeler ve şiirler yazdıkça, sekizinci kıtada bir ağaç yeşeriyor, bir çiçek açıyor, kurumuş bir dere canlanıyor, bir kuş ötüyor biliyorum.

Kimse inanmasa da ben bunun mümkün olduğuna inanıyorum.

Sakız Sardunya (İsmini Seven Kız)

Sen de kendi isminle ilgili bir hikâye yazabilirsin.

Sakız Şardunya

SEN HANGİ ÇİÇEKSİN?

Aşağıdaki tabloyu kullanarak isminin baş harfine denk gelen çiçeği bul. O, senin yeni sihirli çiçek ismin!

A	Açelya
B	Begonvil
C	Cezayir menekşesi
Ç	Çuha çiçeği
D	Dağ sümbülü
E	Ebegümeci
F	Frezya
G	Gelincik
H	Hanımeli
I	Ihlamur
İ	İris
J	Japon gülü
K	Kamelya
L	Leylak
M	Mimoza
N	Nane çiçeği
O	Ortanca
Ö	Ökse otu
P	Petunya
R	Rüzgârgülü
S	Sümbül
Ş	Şakayık
T	Ters lale
U	Unutma beni
Ü	Üçgül
V	Vapur dumanı
Y	Yaban gülü
Z	Zakkum

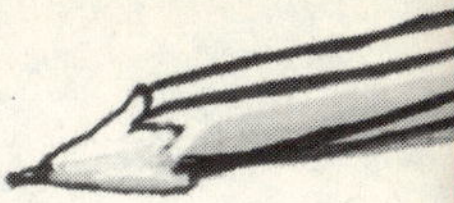

Sakız Sardunya hayallerini sihirli küresinde topluyor. Sen de kurduğun bir hayalini yaz ya da resmini çiz ve küreye at!

Yazdıklarını ve resmini küreye atmak için aşağıdaki siteyi ziyaret et!
www.sakizsardunya.com